李天飞 著

人民文学出版社

为孩子解读

古诗词

图书在版编目（CIP）数据

为孩子解读古诗词 / 李天飞著. –– 北京：天天出版社，2021.6
ISBN 978-7-5016-1689-3

Ⅰ.①为… Ⅱ.①李… Ⅲ.①古典诗歌—中国—儿童读物 Ⅳ.①I207.227.42-49

中国版本图书馆CIP数据核字(2021)第063364号

责任编辑：王 苗　　　　　　　　美术编辑：邓 茜
责任印制：康远超 张 璞

出版发行：天天出版社有限责任公司
地　址：北京市东城区东中街 42 号　　　　　　邮编：100027
市场部：010-64169902　　　　　　传真：010-64169902
网　址：http://www.tiantianpublishing.com
邮　箱：tiantiancbs@163.com

印刷：三河市博文印刷有限公司　　　经销：全国新华书店等
开本：880×1230　1/32　　　　　　　　　　印张：9
版次：2021 年 6 月北京第 1 版　　印次：2021 年 6 月第 1 次印刷
字数：171 千字　　　　　　　　　　　印数：1—15,000 册

书号：978-7-5016-1689-3　　　　　　　定价：45.00 元

目 录

我们为什么要学诗？

我们这本小书，主要讲的是如何读诗、如何写诗。

不过要注意一下，这里的"诗"，是一种泛称，可笼统指包括古诗词在内的有节奏和韵律的文学体裁。关于"诗"和"词"的细分等内容，我们会在本书中一一提到。

相信你从小就背过许多古诗词了，"床前明月光，疑是地上霜""锄禾日当午，汗滴禾下土""朝辞白帝彩云间，千里江陵一日还"……积累下来，一二百首是有的。不过，很多孩子被家长、老师要求背诗，似乎只是完成一个任务，是语文教学的一项内容。中小学必背的古诗词之外的诗词，就几乎没什么人理会了。

而且，很多孩子长大以后，虽然也还有阅读的习惯，但主要是读小说，读科普读物，读绘本，很少有人读专门的诗集；至于写诗的人，更是少见。然而这是非常可惜的，因为会错过许多美好的东西。所以，我们这本小书，并不是一本语文教辅书，不仅限于讲如何学好课本以内的诗词，更是希望为你建立起一个读诗的阅读习惯，以及奠定下写诗的基础，总称为"学诗"。

你可能会说，把语文课本上的诗词学会了不就行了吗，为什么还要专门安排时间、耗费精力去学诗呢？

首先你要知道，学诗这件事，没有立竿见影的效果，要想语文快速提分，还不如多背几首诗划算。但是，你成长的目的，并不仅仅是为了一点点分数；而且作为中国人来讲，学诗，是塑造理想人格的最佳、最便捷的途径。

这可以从三个方面来讲。

首先，熟悉诗词，可以让你的语言变得丰富而美丽。

我们绝大部分中国人，都生活在汉语的世界里，而古代的诗歌传统对汉语的影响非常大。凡是优美的汉语，都带有非常强烈的诗性。我们时时刻刻生活在诗词或者诗词的衍生产品中，但并不是所有人都能觉察到。

比如说，你小学毕业了，班主任要定制一批毕业纪念册，设计任务就交给你了。那么封面上印点什么字呢？当然可以印"感谢老师""怀念友情"之类，但是这些话太直白了。我见过一本纪念册，上面印着五个字"恰同学少年"，使用了毛泽东的一首词《沁园春·长沙》里的句子，又贴合主题，又有一种意气风发的劲头，还带着点淡淡的惆怅，意蕴丰富了许多。

我还见过一本纪念册，上面印着八个字"青春不散，梦续远方"。你可能会说，这不是诗啊。不错，这八个字字面意思虽然也一般，却在声音上经过了一点设计，就变成了有一定音乐性的句子。因为它们的平仄是相对的。按照普通话的读法，上句是"平平平仄"，下句是"仄仄仄平"（普通话里一、二声为平，三、四声为仄，"不"在四声字前面规定读二声。关于平仄下文还有更深入的讲解）。上联的每个字的平仄，和下联每个字的平仄是相反的。所以你读起来就会觉得优美，至少比"感谢老师""怀念友情"优美，至少说明写出那八个字的人是懂诗的，因为文字的音乐性，正是诗最根本的特征。

2020 年武汉发生了新冠肺炎，日本赠送给中国许多抗疫物资，其中有一批包装箱上写着两句话：

青山一道同云雨，明月何曾是两乡。

日本深受中国传统文化影响，这两句其实来自唐代王昌龄的诗《送柴侍御》，原文是：

> 沅水通波接武冈，送君不觉有离伤。
>
> 青山一道同云雨，明月何曾是两乡。

当然，也不是不可以写"武汉加油""一切都会好起来"这样的套话，但是，因为这些话大家说得多了，就显得不够经心，而几句典雅优美的赠语就不一样，会显得非常别致。能够在合适的场合引用合适的诗句，表达自己的心情，这是典雅、高级的做法。

我们在日常生活中，当然忌讳故意装腔作势。但你总会遇到一些场合，需要适当修饰。比如同学开生日宴会，你一定要洗得干干净净，穿件漂亮衣服去，而不能穿得破破烂烂，蓬头垢面的，那是对人的不尊重。

同样的道理，一个人的语言也不能全是大白话。中国古代无数诗词，用优美的语言几乎把中国人能表达的情感都写了一遍。所以熟悉诗词，费心去选择几句，就像为朋友挑选礼物一样，能显示出你的修养，以及对别人的重视，而不是随便买点大路货送去。如果你学会了写诗，能够自己创作几句，那就更好了。

其次，学诗能够培养我们发现生活中趣味的能力。

你肯定会背一首诗《小儿垂钓》：

蓬头稚子学垂纶，侧坐莓苔草映身。

路人借问遥招手，怕得鱼惊不应人。

这首诗是说一个孩子在像模像样地钓鱼，来了一个人问路，孩子怕鱼跑了，不理他。这首诗的妙处在一个"趣"字。有"趣"一定是意料之外的事，别人讲出来后，你才发现背后还有一个没想到的理由。

一个人问路，大多数人正常的反应，肯定是回答他一句，哪怕是说"不知道"。但这个小孩竟然死活不开口，就奇怪了。为什么不开口呢？原来他怕惊到了鱼，鱼不上钩。因为他是刚学钓鱼，特别在乎自己的成绩，这就显得孩子特别可爱。就像听写生字时，有些孩子会捂住自己的本子，生怕同桌偷看。

所以，如果没有后两句，这首诗无非是写了一件很普通的事。如果作者真的是单纯为了写钓鱼，把诗改成"蓬头稚子学垂纶，侧坐莓苔草映身。从早一直坐到晚，一天钓了四五斤"或者把"四五斤"改成"七八斤""十多斤""二十斤"，甚至"一千斤"，也会显得很无趣——除非你给出一个能钓一千斤的合理解释。但有了原作的后两句，而且还给了解释，这件事就变得有趣起来了。

当然你说学诗这件事有多重要，也谈不上。但你发现没有，假如你作文成绩不好，很可能就是缺乏这种发现生活中情趣的能力。如果一个人觉得生活只是平平常常，像白开水，那他不但作文写不好，生活也是没有活力的。有活力的人未必都会写诗，但他们一定有一颗诗心，能时刻发现身边好玩的事情，这种生命是可爱的、健康的。

所以大学者朱光潜先生有段话说得很好：

> 所谓"诗"并无深文奥义，它只是在人生世相中见出某一点特别新鲜有趣而把它描绘出来。它在使人到处都可以觉到人生世相新鲜有趣，到处可以吸收维持生命和推展生命的活力。

诗中的趣味，有时候也不是靠意料之外的逻辑，而是靠营造一种氛围。

你肯定喜欢听故事，尤其是紧张热闹的故事。但我给你讲个故事：

从前，有个人去山里拜访一个老朋友。老朋友不在家，只见到一个小孩，在门口的一棵大松树下玩儿。这人问小孩："老爷子呢？"小孩说："老爷子上山采药去啦。"这人又问："上哪儿采药去啦？"小孩指了指对面的山说："哎呀，你看这云雾层层的，我也不知道他在哪儿。"

　　好了，故事结束了，我鞠躬下台。

　　你可能觉得很不满，然后呢？然后怎么就没有了？你肯定会问："这人找他干什么？这老先生到底去哪儿了？后来找到没有？"可能还会好奇有没有学点神奇法术或拿点长生不老药回来……所以，这段话顶多是一个故事的开头，很无趣。

　　但是，这件事情如果写成一首诗，情况就变了，这就是贾岛的《寻隐者不遇》：

　　　　松下问童子，言师采药去。
　　　　只在此山中，云深不知处。

　　事情还是这个事情，但你发现没有：你的感觉变了。你读了诗之后，虽然也会想："这位老先生到底去了哪里？后来有没有找到他？"但是更多的，是被这种山间隐士的悠闲、神秘吸引了，恨不得也跑到云雾缭绕的深山里住几天，体验体验。这也是趣味。前面那段长长的话，充其量是一个故事的开头。而这首诗，却传递了一个完整的带着意味的画面。这种能把一种意味传递给人的画面，就叫"意境"。

而且你发现没有，创造一个意境，能比讲一个故事省很多字。换句话说，贾岛能够用二十个字写出一个优美的意境，但是他很难用二十个字写出一个生动的故事。

时至今日很多景区的民宿、度假村，就起名叫"云深不知处"。这说明，作者营造的神秘、幽静的意境，产生实际价值了。因为它已经被广泛认可了，到今天还能让游客掏出真金白银来购买。

其实贾岛写这首诗时，经历的事情是很无趣的，因为它的题目就叫"寻隐者不遇"，无疑是一次失败的寻访。但是他居然把这件事写成一个有意味的、拨动了无数人心弦的画面。如果遇上了，反倒没有这首好诗了！

最后我想说的是：学诗还有一个重要的好处，可以培养对自然、对社会的深厚感情。

我曾经在微博上发过一首诗，是湖北鄂州一位名叫郭昭妤（yú）的二年级小朋友写的：

天上飘大雪，偏偏飘我屋。

　　不知喜欢我，和我交朋友？

　　严格说来，这首诗还很幼稚，因为小作者还不懂得押韵，语言也不够凝练通顺。但是这二十个字绝对具有了好诗的重要内核：这诗里有她自己！

　　这首诗虽然写的是雪，却不是写白雪皑皑、银装素裹，而是写"我"，她觉得雪花喜欢她，所以来到她的屋子。雪花本来是没有情感的，但叫她这么一写，好像也成了有情感的人，专门从天上跑下来，要和她交朋友了！

　　大诗人李白，其实就是这样写诗的，比如他最著名的一首《独坐敬亭山》：

　　众鸟高飞尽，孤云独去闲。

　　相看两不厌，只有敬亭山。

　　这是在写山吗？当然是在写山。但是除了写山，还在写诗人自己。在这里，山成了他的朋友。山是孤寂的，他也是孤寂的。所以才与敬亭山互相欣赏，静坐安然。

　　辛弃疾也有这么两句著名的词：

我见青山多妩媚，料青山见我应如是。

意思很明白，我看见青山十分妩媚多姿，我想青山看我也是这样吧？

其实辛弃疾还有两句不太著名的词，和这位郭昭妤小朋友表达的意思更像："一松一竹真朋友，山鸟山花好弟兄。"（这两句又来自杜甫的"一重一掩吾肺腑，山鸟山花吾友于"。友于，就是兄弟。）

其实要是钻牛角尖的话，这三首诗词都毫无道理：一下雪，雪花飘到谁家的都有，怎么可能偏偏飘到你家？飘到你家就是喜欢你了？山又不长眼睛，你李白看它，它就看你了？辛弃疾就更自恋了：你觉得青山妩媚，青山就得觉得你也妩媚了？这不是"自作多情"吗？

然而我们身为人类，有时还真需要"自作多情"！因为我们不是行尸走肉，不是没有知觉的石头，更不是只会二进制计算的电脑。因为只有我们自己有感情，才会对世界上别的东西倾注感情。要和雪花交朋友，要和敬亭山对坐，和青山互相看对眼、喊哥们儿。这都是让本来没有情感的东西有了情感，叫"移情"。

如果你从小具有移情的能力，那么恭喜你，这种能力太可贵了。一个能够移情的人，一定是可爱的、招人喜欢的。能够移情，说明这个人情感丰富。如果他对自然界的一草一木、雪月风花都倾注了感情，自然也可以知道，他对家人、对同学、对朋友、对社会，也一定是深怀感情的。

甚至这种真情，在诗人中也不是谁都有的。乾隆皇帝写过一首《黄瓜》诗："压架缀篱偏有致，田家风景绘真情。"这首诗就可以用"很烂"两个字来点评。因为虽然他把"有致""真情"都嚷出来了，却既没有趣味，又没有真情。"压架缀篱"，无非是说黄瓜长在架子、篱笆上，这谁都知道，有什么新鲜的呢？如果没有一个足够的理由，万岁爷对"田家风景"又会有什么感情呢？大概他也实在没什么可说的，所以只好很尴尬地硬说"偏有致""绘真情"。乾隆爷一辈子据说写了几万首诗，但一篇篇看过去，跟流水账一样，没几首是有真情的。他未必没有真情，但他的真情，被他高贵的帝王身份压抑住了。

有时候，这种深情，可以有一种巨大的感染力。比如据传陈子昂有一首著名的《登幽州台歌》，只有二十二个字：

前不见古人，后不见来者，
念天地之悠悠，独怆然而涕下。

幽州台遗址在今天的北京。战国时燕昭王要招揽天下人才，筑了一座高台，上面放了很多黄金，所以也叫黄金台。

　　登上一座高台，诗人竟然哭了！他为什么哭呢？

　　其实，这座台子因为很高（在当时），所以视野宽阔，能够见到广阔的大自然。它又和历史事件有关，所以能让人想起燕昭王的故事。正是这两方面让诗人感动了。他没有办法回到礼贤下士的燕昭王时代，实现自己的价值；未来的机遇，他又

来不及见到。这是怎样的孤独！

而且，诗人的感慨还不只这些，我们也可以这样理解：天地茫茫，岁月悠悠，比起横向的广阔天地和纵向的漫长岁月，我的生命如此短暂，到底能够留下什么呢？这也是一种巨大的孤独感。

有人会想：至于吗？不就去个景区，玩了一会儿吗？也太"自作多情"了。这么想的人，只能说明他的心灵是麻木的。因为辽阔的空间，流逝的时间，人生的价值，短暂的生命，生活的苦难，时时刻刻围绕在我们身边，影响着我们，给我们提出各种问题。并不因为你不去想，这些问题就不存在。一个心灵深邃的人，会时时刻刻关心这些事情。有一个外部条件触发一下，他们就能写出诗句。

这种触发条件，未必是一座高台，也许是一条河流、一杯薄酒、一次聚会。杜甫说"安得广厦千万间，大庇天下寒士俱欢颜"，是遇到了大风；苏轼说"大江东去，浪淘尽、千古风流人物"，是看见了长江。甚至说出这些诗性话语的，也未必是专业诗人。毛泽东看到湘江说"问苍茫大地，谁主沉浮"；孔夫子看见奔腾的河水，说"逝者如斯夫，不舍昼夜"……上面这些人的共同特点，是都有一颗深邃丰富的心灵。而这种心灵，是指引我们接纳、观照世界的核心动力。我们学诗，塑造理想人格，最重要的就是这一点。

所以，中国传统文化管学诗叫"诗教"。诗教训练的就是上面这些内容。一个人开始学诗的时候，语言可能是粗糙的，趣味可能是苍白的，情感可能是麻木的，但都无可厚非。诗教的目的，就是让我们的语言变得精致，观察力变得敏锐，情感变得丰厚，思维变得深邃，最终塑造出完美的人格。与此相比，什么提分、考学、炫耀诗词量和记忆力，都是微不足道的事情。

给下列宣传语的"诗性"按强弱排序。

1. 驴肉火烧是河北著名小吃。

2. 观西湖美景，品画里杭州。

3. 拾金不昧，品德高尚。

诗的作用是什么？

经常有人问我：诗，不像小说可以卖钱，不像戏剧可以表演，那么它的作用到底是什么呢？

这个问题，孔子在两千多年前就解答过了，而且他的答案到现在也完全不过时，他说诗歌的主要作用是：

可以兴，可以观，可以群，可以怨。

"兴""观""群""怨"这四个字，就成了"诗教"的主要内容。

"兴"，就是兴起、感发。人不是冷血动物，外面的事物触动了自己的"心弦"，总要说几句，甚至唱一段。如果合乎韵律，这就是诗。

南北朝时期文学家钟嵘在《诗品》中说过这么一句话，经常被用来解释诗歌的成因：

气之动物，物之感人，故摇荡性情，形诸舞咏。

这里的"气"指阴阳之气，古人认为这是万物的本源。"动物"不是动物园里的老虎、大象，而是自然事物会随着阴阳之气的变化而变化的意思。这句话的大意是说：阴阳之气让大自然运行了起来，而自然之物感动了人心，让人的感情发生了波动，抒发出来的，就是诗歌。

作诗的不一定是专业诗人。比如汉高祖刘邦，刚刚取得了天下，几个诸侯就造起反来，刘邦费了很大的力气才平定。一次，他平定了淮南王英布的叛乱后，回到自己的故乡沛县（今属江苏徐州），把父老们召来，一起喝酒。在宴会上，刘邦唱了这首《大风歌》：

大风起兮云飞扬，威加海内兮归故乡，安得猛士兮守四方。

对我们来说，起风了就是起风了而已，但是刘邦看见大风（大概是想起风云激荡的开国大业了吧），就想起自己已经"威加海内"，但是，他又感慨道，江山还需要人守卫，上哪里找那些忠心耿耿的替自己守卫江山的猛士呢？

看到大风而引起这些触动，这就是"兴"。所以有一句话"自古英雄尽解诗"，英雄未必是专业诗人，但他们比起常人来，有更丰富的经历、更深远的思考，所以，外界如果给他们一个合适的触动，往往会激发出不朽的诗篇。

不过，英雄的主要心思毕竟不在写诗上，所以，他们受到了触动，写下诗篇，只是很偶然的事情。但是，其他流传后世的佳作，也都遵循这个规律：诗人在写作的时候，无不是受到了某些触动。

虽然经过了千百年，技术进步了，社会发展了，但人类的心理并没有太大的变化。我们仍然被同样的"物"触动着：自然的，比如高山大川、季节变化；社会的，比如国家、家庭、亲属、友人的种种幸事或不幸；身体的，比如成长、疾病、衰老、死亡……甚至很小很小的，一声鸟叫，一颗雨滴，一次花开……诗人因为比我们敏锐，准确地捕捉、记录了这些触动，写下了生动的诗篇，我们千百年后读来，仍然能够感受到那种心灵的触动，觉得不孤独、不陌生。这就叫"人同此心，心同此理"。就像一点火光，就可以点燃无数根蜡烛一样，因为所有蜡烛的材质都是可燃的。

所以，著名学者叶嘉莹先生说过一句非常精辟的话："中国古典诗歌可以让人心不死。"

河北省南和县郝桥镇侯西村有一个普通农民，叫白茹云。她家里屡遭不幸，2011年她又患上了淋巴癌。住院期间，她买了一本诗词鉴赏类的书籍，用以打发无聊的时间。在住院的一年多时间里，她把一本书看完了，还背会了许多诗词。

你可能想不到，支撑着她熬过一次次痛苦的化疗的，竟是这些千百年前的诗词。她说："李白、杜甫都是满腹才华的大诗人，他们的人生没有一个是一帆风顺的，人生不如意事十之八九，这些磨难都会成为过眼烟云。"

李白、杜甫遇到不如意的事，受到触动，写成了诗。古今的不如意，往往是相似的。这些千百年前的文字，被千百年后的白茹云感受到了。她觉得自己不再孤独，靠诗词的陪伴，度过了那些艰难岁月。

有了诗词的积累，她参加了"中国诗词大会"等综艺节目，取得了不错的成绩。2017年，她还获得第二十七届全国书博会"十大读书人物"。

我自己也是这样，我经历过无数次失败：高考失败、考研失败……每当穷途末路的时候，我就会想起一首诗，支撑自己继续努力下去。——你可以猜一猜这首诗是什么。

你是不是以为，肯定是"天生我材必有用""我辈岂是蓬蒿人""不破楼兰终不还"这样斗志昂扬的诗句呢？不是的，这种时候，我经常会背诵杜甫的《登高》：

> 风急天高猿啸哀，渚清沙白鸟飞回。
>
> 无边落木萧萧下，不尽长江滚滚来。
>
> 万里悲秋常作客，百年多病独登台。
>
> 艰难苦恨繁霜鬓，潦倒新停浊酒杯。

你可能完全想不到吧？这首诗是天下大乱、杜甫到处流浪的时候写的，怎么能催人奋进呢？没错，它让我觉得，古代的诗人，也有艰难倒霉的时候；他们的感受，就是我的感受。有这样的诗陪伴，就足够让我走出困境了！

所以这是一件多么有趣的事：人在低落的时候，一定需要打鸡血一般的励志吗？不一定！可能更需要一种温暖的声音。哪怕这种声音本身也是落寞悲凉的，它碰到别人心里，反倒是温暖的，给人以生活下去的希望。这就是诗歌魔法般的力量！

所以，不要害怕你笔下的东西没有"正能量"。每个人身上都有人类普遍的感情。你的触动，也许就是别人的触动。你的喜怒哀乐，也能让其他境遇相似的人感到温暖，让他们拥有力量。因为"人心不死"，就是巨大的力量！

不过，这种感情，一定要是真实的，虚假的、编造的情感，就没有激动人心的力量。所以孔子还有一句话：

诗三百，一言以蔽之，曰"思无邪"。

诗歌的第二个作用是"观"。过去学者解释这个字，通常说成是"观风俗之盛衰"。因为孔子说的"诗"主要指《诗经》，而《诗经》中的很多诗，反映了当时各个诸侯国的风土人情。我们可以将"观"理解得更宽泛些：诗词可以让我们看到不同时空下的世态和人心。

比如说，从隋唐开始，用科举考试来选拔人才，读书人必须参加考试才能做官。历史书只告诉我们每次考试录取了多少人；但是，我们还想知道，他们金榜题名之后，心情是什么样的，落榜生心情又是什么样的。

唐代发生了一场席卷半个中国的"安史之乱"，历史书只告诉我们死了多少人、有多少地区卷入了战争，但是，一个十几岁的孩子被抓丁上前线，你想知道他的爸爸妈妈是怎么想的吗？这些，就需要到孟郊的诗里去找，到杜甫的《兵车行》里去找。

古诗词里面，有你能理解的情感，比如科举考试的成功或失败；也有你不熟悉的情感，比如战乱、饥荒给人带来的痛苦，可能你这辈子都体会不到。这就需要我们去"观"。你"观"到的情感越多，你的胸怀就越博大，就越能理解、包容别人的行为。

就拿科举考试来说，不同的人考上之后，反应是不一样的。例如孟郊的《登科后》：

昔日龌龊不足夸，今朝放荡思无涯。

春风得意马蹄疾，一日看尽长安花。

最后两句很有名。因为这一年孟郊已经四十五岁了。从二十多岁就开始赶考，此刻终于考中。这种心情，当然是一万分的高兴，当年的失意落魄，被一扫而光了。

但并不是所有人都兴高采烈，也有考中后十分收敛的，比如晚唐韩偓的《初赴期集^①》：

---

① 参加新科进士的聚会。

轻寒著背雨凄凄，九陌无尘未有泥。

还是平时旧滋味，慢垂鞭袖过街西。

这一年是公元 889 年，韩偓也是四十五岁。但他为什么一点不兴奋，反而低垂着袖子，轻摆着马鞭子，慢慢地从街头走过呢？是他故作云淡风轻吗？

不是的，两人出身不一样。孟郊出身平凡，而韩偓出身官宦，父亲韩瞻当过地方大员，哥哥也是翰林学士；此外，韩偓的姨父就是赫赫有名的大诗人李商隐。"雏凤清于老凤声"，就是李商隐写给十岁的韩偓的。

虽然韩偓也是四十五岁才考中进士，但他比孟郊，可以说见过更多的世面。要是考中进士后也像孟郊那样兴高采烈，就好像穷小子半夜捡了个金元宝一样，反而是不开眼了。

身份不同，面对同样的事，情感就不一样。

古诗词里的情感，有宏大的，例如杜甫在他的茅屋被秋风吹破的时候，就说"安得广厦千万间，大庇天下寒士俱欢颜"。他想的不是个人的际遇，而是天下千千万万寒士的温饱。

也有热烈的，例如李白在接到朝廷任命他做官的消息后，就说"仰天大笑出门去，我辈岂是蓬蒿人"。他想的是实现宏图大志，不枉一世。

也有细微的，例如诗人张籍住在洛阳，给家里写信，就说：

洛阳城里见秋风，欲作家书意万重。

复恐匆匆说不尽，行人临发又开封。

这首诗没讲什么大事，但是张籍心里有千言万语要和家人说，信封粘好了又打开。这种心态，我想很多人都有吧？

也有永久的遗憾的，例如崔护的《题都城南庄》：

去年今日此门中，人面桃花相映红。

人面不知何处去，桃花依旧笑春风。

这个故事很有名，崔护到长安赶考落榜，到处游玩，在长安南郊的一个村子里，口渴了，敲开一户人家的门讨水喝。一位美丽的少女走出来，给他端来一杯水，站在盛开的桃花下看着他。第二年春天，崔护又到原地寻访，哪知道大门紧锁，少女不知哪里去了，从此留下终生遗憾。

我们为什么要"观"这些不同的感情呢？

因为任何一个人，阅历都是有限的，情感也是有限的。如果不阅读的话，一生所能理解的事情，也就那么一点点，这样的人无疑是狭隘的。所以，我们要了解历史、哲学、数学、物理等各门学科知识。这些百科知识有的让我们视野开阔，有的让我们思维敏锐，有的让我们逻辑清晰，而让我们"情感博大"这个任务，就落到了文学，尤其是诗歌上。

如果我们正好碰上了和自己经历、情感一致的诗歌，必然会有所触动。但是这个世界上，还有许许多多感情，我们不能只局限在自己熟悉的那片小天地里。"观"得越多，就越会对别人的心理产生共情。这样就从狭小的空间走出来，去理解、温暖更多的人。拥有这样的素质，一定是一个受欢迎的人。"诗教"的作用，就是使人心地温暖，博大宽容，而不是自命清高地做"精神贵族"。

"兴"和"观"，都是从自己出发。"兴"是让自己理解自己，"观"是让自己理解别人。而诗歌还有更强的功能，就是让别人也互相理解，这就是"群"。

"群"，就是合群。一首好诗，能把人心聚拢起来。你应该学过一首南北朝时期的北朝民歌《敕勒歌》：

敕勒川，阴山下。

天似穹庐，笼盖四野。

天苍苍，野茫茫。

风吹草低见牛羊。

救勒川在今天的内蒙古，这首诗歌是当时敕勒族人（又称赤勒、铁勒）赞美大草原，在北方广泛流传。当时很多北方部族，如鲜卑族，也过着游牧生活，对这首歌也感同身受。

公元 546 年，东魏权臣高欢（融入鲜卑族的汉人，北齐建立后，被追尊为皇帝）率兵十万攻打西魏，大败而回。这时东魏军队士气十分低落，高欢又得了病，军中便谣传高欢已经死了，弄得人心惶惶。于是高欢不顾病重，在大营召集众将，举行宴会，表示自己还活着，并命敕勒族大将斛律（hú）金唱这首《敕勒歌》。听着听着，大家都流下了眼泪，甚至还有人和斛律金一起唱起来。在场的将士基本上都来自游牧民族，他们被这首自幼熟悉的歌感动了，于是军心稳定了下来。

其实，从《诗经》到《敕勒歌》，再到唐诗宋词，很多诗歌，都是可以唱的，都是当时的流行歌曲。今天也一样：国家有国歌，军队有军歌，共青团有团歌，少先队有队歌，学校有校歌……这些歌曲，如果去掉乐谱，本身就是一首首很好的诗。唱起这些歌曲的时候，人们情感会振奋，精神会凝聚。

就连电视剧都有主题歌。唱起一首主题歌的时候，熟悉电视剧剧情的人们也会兴奋，会想起电视剧里的故事，这也是一

种"群"。很多电视剧主题歌，就直接把著名的古诗词拿来用。比如《三国演义》的主题歌"滚滚长江东逝水"，《甄嬛传》的主题歌"小山重叠金明灭"……这些歌曲，把有同样看剧经历的观众"群"起来了。

从"兴"到"观"，从"观"到"群"，一个比一个广阔，一个比一个强大，是一个从自我到他人，从个体到集体的过程。而诗的最后一个功能"怨"，就更提高了一层，是为某些集体发声、斗争了。

"怨"一般不指私人的抱怨（那一般算作"兴"），汉代学者给出的最准确定义是"怨刺上政"：抱怨、讽刺执政者的政令。今天可以理解为批评、揭露。社会上总有不公的现象、违法的行为，遇到这些情况，就可以用诗歌进行讽喻和抨击。

你肯定学过李绅的《悯农》："锄禾日当午，汗滴禾下土。谁知盘中餐，粒粒皆辛苦。"其实《悯农》有两首，另一首是：

春种一粒粟，秋收万颗子。
四海无闲田，农夫犹饿死。

这首诗，就是典型的"怨"。农民春天辛辛苦苦种下了粮食，秋天获得了丰收。他们勤勤恳恳，开垦了所有的荒地，连边边角角都不留，但最后还是两手空空，惨遭饿死。那么，到底是谁制造了这种人间悲剧呢？

李绅没有明说，只是提醒我们：社会上有这种现象。我们却可以去探索：朝廷的暴政、豪强的掠夺、战乱的破坏……短短的一首诗，不可能像政治学、经济学论文一样，把原因讲清楚。但是，多少年过去了，这首诗仍然回荡在我们耳边，让施政者时时刻刻警醒。

其实孔子讲诗的作用，还有两句话："迩之事父，远之事君，多识于鸟兽草木之名。"侍奉父亲、君主，讲的是诗歌有培养人们道德的作用；多识草木鸟兽之名，讲的是能从诗歌中获取百科知识。不过，"兴""观""群""怨"这四个功能才是诗歌的基本功能，而且越是经历了久远的时间，越体现出诗歌如火炬一般的作用：温暖自己、照亮他人、凝聚群众、焚烧丑恶。

1. 你在生活中，曾经被什么事物或什么场景触动过？用 100 字以内概括一下，不必写成诗。

2. 荆轲要去刺杀秦王，出发时唱道"风萧萧兮易水寒，壮士一去兮不复还"，是什么外物触发了他的情感？

为什么读诗要"知人论世"？

经常有人在微信上发自己的习作，然后问我："这首诗怎么样，能打多少分？"

我通常回答："不能这么问，因为看诗一定要结合作者来看。同一首诗，假如是一个五岁小孩写的，或是一个业余诗词爱好者写的，又或是一个以'诗人'自许的人写的，评价标准是完全不一样的。五岁孩子能写出一首格律正确、意思通顺的诗，兴许就能打满分；但如果是出自一个'诗人'之手，兴许会不及格呢。"

另外，一首诗的写作背景也很重要。是古人写的，还是现代人写的？是原创，还是模仿？是有充裕的时间推敲文字，还是急就章一挥而就？作者在写的时候，是心平气和，还是

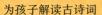

面临重大危险？评价都是不一样的。

一般来说，看一首诗好不好，大致包括这么几点。

第一，作者是个什么样的人，这首诗是不是作者真实感情的流露。

第二，是不是符合体裁格律等基本要求。

第三，语言艺术上有什么精彩之处。

而这三点里，第一点最重要。

第二点和第三点，其实有一些通用的标准。但唯独第一点，要求我们读诗的时候，必须结合作者本人和他所处的时代来看。有个传统说法，叫"知人论世"，说的就是这个道理。

每个诗人都生活在一个特定的时代中，时代的背景，造就了他诗的风格。所以"知人"之前首先要"论世"，因为一个时代，总会产生一批相似的诗。

举一个最简单的例子：你会发现，离别、思乡、思亲，这些主题在古诗词里非常流行。你学过的诗里，差不多有三分之一都是类似的内容，比如《九月九日忆山东兄弟》《静夜思》《芙蓉楼送辛渐》……而今天的流行歌曲，类似的题材并不是很多。

这些诗之所以在过去流行，是因为古人和今人兴趣不同、古人就喜欢写这些内容吗？不是的，而是因为当时的社会特点，容易产生离别、思乡、思亲这些感情。

因为当时没有电话、网络，也没有汽车、高铁，人们不得不守着故土亲人，一旦因经商、科举、仕宦离开家乡，往往一走就是三年五载地漂泊在外。而且，其间音信隔绝，想报个平安都难。

所以，在古代，亲友一分别，经常就是诀别。有些人年轻时离开了家，离开了父母，可能直到老死也回不去。所以，漂流在外，生离死别，是格外让人伤感的。

例如唐代岑参写过一首《逢入京使》：

> 故园东望路漫漫，双袖龙钟泪不干。
>
> 马上相逢无纸笔，凭君传语报平安。

这首诗写在 749 年（天宝八载），当时岑参正在前往安西（今新疆维吾尔自治区库车县）的路上，遇到一个去长安（今陕西西安）的使者。岑参的家就在长安，他一时来不及写信，就托那人给家里捎个话，告诉家人，自己在外一切平安，就行了。

就这么个事，岑参却哭得衣袖湿透（龙钟就是沾湿的样子）。

你可能会想：至于吗？不就捎句话吗？甚至你可能还会想：古人怎么这么爱哭，不是"丛菊两开他日泪"，就是"执手相看泪眼"，难道他们比我们脆弱？

不是的，古人在离别、思乡的时候爱哭，是因为他们的环境比我们艰难得多！

岑参这次出行的目的地，是安西都护府，离西安七千多里。一天骑马走五十里的话，要走四五个月。而且，路上要经过海拔三千多米的大山，要经过荒无人烟的沙漠，稍不注意，就有去无回。

设身处地想一想，假如你是岑参，这次旅程，和家人很可能就是诀别。所以他托人带去的这句"平安"口信，是多么珍贵！岑参这时候的心情，可以说是撕心裂肺的，而今天的我们根本体会不到。

还有一种可能，是这句口信也未必能带得到，因为这位入京使回去的路上可能会出事，困死在沙漠、被其他部族截杀，都是有可能的；或者他顺利到了京城，事多忘记了，也不是不可能。假如口信没带到，岑参以为家里知道他一切平安，而他的妻子、孩子，反而在苦苦等待他的来信，每天吃不好睡不着。在我们旁观者看来，这是一件多么残酷的事！

当然，这都是我们的猜测，实际上岑参没那么倒霉，几年后，他安全地回来了。但是唐代陈陶有一首诗，就写了这种残酷：

> 誓扫匈奴不顾身，五千貂锦丧胡尘。
>
> 可怜无定河边骨，犹是春闺梦里人。

该诗说的是大唐的一队精兵，在边疆作战（匈奴是对北方少数民族的代称，貂锦指锦衣貂裘，是精良的装备），不幸全部牺牲在无定河边（在陕西省北部，这里也泛指边疆）。日久年深，他们的遗体化为了白骨，但他们家中的妻子还不知道。这些白骨，离开家时都是一个个鲜活的青年，还天天出现在他们妻子的梦中，她们还盼望着丈夫哪一天能回来。

我是看不得这首诗的，因为看一次就会哭一次。天啊，这也太残忍了！如果亲人阵亡后，家人立即知道噩耗，伤心一阵也就算了。但是因为信息不通，家里人根本不知道这回事。于是诗人就像导演一样，平静地把这种残忍展示给我们看：一个镜头，是无定河边堆积如山的白骨；另一个镜头，是深闺少妇梦里的爱人，还是出发时的模样。这注定是一场永远没有结果的等待。我们局外人都知道，恨不得对她们大喊：别等了！你们的丈夫都变成骨头了，回不来了！但是她们并不知道，

33

还在痴痴地等待着，直到天荒地老。

凭这一首二十八个字的诗，陈陶就可以名垂千古了。

不过，这种感情，今天是很难再有了。因为今天信息和交通太发达了。我们想见谁，去哪里，实在是太容易了。即使一时不能动身，用电话、视频，地球另一面的人都能立即联系上。就算不小心迷路走失，靠着遍布城乡的摄像头、公安力量，也很容易被找到。有一年，我因为工作关系，一周之内去了两趟新疆，不觉得多艰难，因为坐飞机几个小时就到了。今天的社会长期安定，多少年没有发生过战争，更没有"无定河边骨"这样惨烈的事情了。这就是社会的变化带来了心态的变化。

所以，在今天这个时代，我们如果再说"故园东望路漫漫""可怜无定河边骨"，就显得毫无道理。时代变了，情感变了，我们就不再具备写某一类诗的条件了（除非是特意模仿古人的心态的"拟古"）。

明白了这个道理，我们不妨来欣赏一首创作于 2020 年的诗，给这首诗打打分：

> 离别念同年，相逢在瘴烟。
>
> 时勤黄耳信，暂下白篷船。

岭气横秋外，江声贮月天。

梦归相见日，携手正团圆。

这首诗好不好呢？看字面还算不错，大概意思也能懂。大意是说，我和你曾经是同学（同年），在广西（或云南这种南方省份）相互认识了，后来分开了，但时时还有通信。我回到了浙江定居，你还留在岭南。两地相隔很远，在炎热的岭南你感受不到秋天（岭南的天气把秋天隔在外面了）；我在江边看着倒映的明月，听着水声。今晚我在梦中，又回到了我们当

离别念同年，相逢在瘴烟。时勤黄耳信，暂下白篷船……

瘴烟之地？

黄耳信？

初相见的那一天，我们拉着手团圆了。

这首诗用了很多还不错的典故，例如"瘴烟"，古人认为西南地区的深山丛林间会发出一种湿热的雾气，人要是碰上了就会得病。所以"瘴烟"或"烟瘴"，代指西南边远地区，如广西、云南、贵州等地。过去没人开发，全是深山老林。所以一看"相逢在瘴烟"，就知道他们是在这一带认识的。"黄耳"也是一个典故，是一条能够寄信的神奇的狗。所以"时勤黄耳信"就是经常寄信的意思。"白篷船"是浙江特有的一种小船，所以一说"白篷船"通常就是指浙江的风光。

这首诗格律正确，对仗基本工整，还懂得用典，虽然有点小毛病，意思也算通顺，能打及格分吗？

不能！虽然这首诗也算平头正脸，但是，放在唐代还行，因为那时候的广西，自然环境确实非常恶劣；住在浙江和广西的两个人，的确很难见面。但，这是 2020 年的诗啊！我们要问，现在的广西，还能叫"瘴烟之地"吗？去广西的人还会九死一生吗？现在的浙江人，还生活在白篷船上吗？既然没有，还要这么说，岂不就是虚假的感情吗？所以，这就是抄一抄古人常用的套话，形式上做得漂亮而已，根本没有真情实感。

而且，如果进一步追问的话，这首诗是谁写的呢？是不是作者真的有个同学，他俩在广西一起念过书，后来分开了呢？

根本没有！因为你可能想不到，这首诗不是人写的，而是一个作诗软件写的！这首诗的题目是我出的。我输入了一个诗题"离别"，不到两秒钟，作诗软件就给我写出这么一首诗来。

作诗软件为什么会写诗呢？因为它拥有一个庞大的数据库，里面有许许多多的诗词和好句子。诗词格律本来就是一套规则，可以用算法实现。这样，你输入一个关键词，它根据诗句和关键字的相关程度，从数据库里东拼一点，西凑一点，就凑出一首诗来了。

当我们知道了内情之后，这首诗的价值就大打折扣。就像广西有一个计算机厂家，生产了两台计算机。一台留在本地，一台运到浙江，它们根本不会互相想念。它们之所以能够作诗，只是按照既定程序执行了一系列排列组合的操作而已。这首诗毫无真情实感做基础，就是一个高科技的文字游戏。因为所有的什么"烟瘴""同年""团圆"，全是假的！

所以，在"论世"之外，我们还要"知人"。一定要知道，一首诗的作者是谁，是个什么样的人，在什么情况下写了这首诗，这样才能知道，这首诗写的是不是真情实感。

事实上，很多所谓的"诗人"（包括古代的很多诗人），说到底都是"人肉作诗机"而已。他们记住了一些典故、诗句、常用句型，对规则也比较熟悉，随便给他个题目，他就能"作"出一首平头正脸的诗来。甚至不用下苦功记也行，古代有一种"类书"，就是把各种材料分门别类放在一起，供"诗人"作诗的时候查阅，就相当于作诗软件的数据库。

我们经常说杜甫是"诗圣"，就是因为他的诗里，写的都是他的亲身经历，讲的都是他真挚的感情，而没有半点虚伪。来看一首杜甫的《闻官军收河南河北》：

剑外忽传收蓟北，初闻涕泪满衣裳。

却看妻子愁何在，漫卷诗书喜欲狂。

白日放歌须纵酒，青春作伴好还乡。

即从巴峡穿巫峡，便下襄阳向洛阳。

这首诗写于公元763年（唐代宗广德元年）。当时，持续了八年的安史之乱（安禄山、史思明发动的叛乱）正式结束。官军收复了河南河北大片地区。漂泊在巴蜀（剑门关之外）的杜甫听到这个消息，不禁欣喜若狂，这首诗几乎是冲口唱出来的。他在诗里讲他多么高兴，让妻子扫去忧伤，饮酒高歌，然后规划起回家乡的行程来了。

当然，这首诗的技巧也是一等一的高明，后六句不但全用对仗，而且一气贯注而下，最后两句把四个地名简直用得神了，巧得不能再巧。所以我经常说，杜甫没准是先想出最后两句"神作"，然后再写出前面六句的。因为他知道胜利消息后，最先想到的实际事务肯定是如何回家乡，至于喜极而泣、喝酒，其实都是在衬托"好还乡"的兴高采烈。

这首诗，不是任何一个作诗软件能写的，也不是任何一个"人肉作诗机"能写的，甚至杜甫本人，也不是随时随地能写的。这首诗，只能发生在特定的时代、特定的人、特定的事情上。

这首诗因为真实，所以有巨大的感染力，被称为"老杜平生第一快诗"。

你可能还学过这么一首诗：

> 砍头不要紧，只要主义真。
> 杀了夏明翰，还有后来人。

这首诗是革命烈士夏明翰在临刑时写的。如果从格律来看，这首诗并不符合要求，语言也直白浅露，不够"温柔敦厚"。但是要注意的是，夏明翰不是专业的诗人，他为了自己热情投入的革命事业，甘愿献出生命，这首诗就写于刑场上被杀头之前。这个时候，还有工夫推敲平仄，还有闲心炼字吗？这个时候，只要把自己想说的话，用诗的形式讲出来，就是最宝贵的真情实感。所以，哪怕形式上有一些毛病，仍然被后世传颂。因为这首诗是用他的生命凝成的，价值不在辞藻，而在这种炽热的情怀。

事实上，即使大诗人，也不敢说首首诗都充满了真情实感。因为诗在当时，也是一种应酬的工具，所有人都免不了应酬。

比如皇帝、皇后去世，大臣们都要写"挽词"哀悼。这种挽词，基本上是口水话，无非说皇帝生前如何英明，现在去世了，我们如何地悲痛。比如唐敬宗死后，著名诗人姚合写了《敬宗皇帝挽词》：

> 紫陌起仙飙①，川原共寂寥。
>
> 灵辌②万国护，仪殿百神朝。
>
> 漏滴秋风路，笳吟灞水桥。

---

① 仙飙（biāo）：旋风。

② 灵辌：装载棺材的车。

微臣空感咽，踊绝觉天遥。

其实这位敬宗皇帝，根本没什么丰功伟绩，十六岁当了皇帝，在位期间，只知道吃喝玩乐，根本不懂得处理国家大事，两年后就被宦官杀掉了。这种皇帝，姚合还说悲伤得"空感咽"，还说哭得"踊绝"（顿足痛哭而昏过去），至于这样吗？这种诗，去掉标题，换在任何一位去世的皇帝身上，都是好用的。所以，我们学习古代诗人的作品，要看他们传世的代表作。这种马屁诗、应酬诗，是诗人无奈的作品，扫几眼就好。

其实，你或你同学的作文里，怕也有无数"神奇"的故事：扶老奶奶过马路，帮老爷爷推三轮车上坡，半夜发烧妈妈冒雨背"我"去医院，动不动眼泪就流了下来。不妨问一问，你写在作文里的这些事，有多少是真正发生过的？有多少是为了制造一个"感人"故事、为了得一个高分故意编出来的？但是，我相信，你总会有一些发自真心的文章，有时候写在作文里，有时候写在日记里，有时候甚至不想被人看见。你写的时候，自己会哭、会笑，会把这些东西当成自己的小秘密。不要怕人笑话，那反而是真实的你，是你真情实感的流露。所以，你明白了作文是怎么写的，也就明白了诗是怎么写的了，更明白了什么样的诗才是好诗。

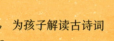

一位北京人去上海出差，在高铁站写了这样一首诗，这首诗好
不好，为什么？

思乡

江上秋风吹客衣，故人何处寄书稀。

天涯一望无消息，独倚高楼看雁飞。

为什么说诗的演变像搭积木？

　　打开你的语文课本，最常见的是五个字或七个字一句的诗。前者称为"五言诗"，后者称为"七言诗"（每个诗句有几个字，就叫几言诗，下同）。那么，是不是中国的诗，一直都是这个样子呢？不是的。你小学课本里的诗，大多数都是诗歌成熟时期的作品，这个时期是唐代。所以你会经常听人说"背唐诗"。而唐代之前的诗歌，经历了漫长的发展，才变成了今天我们看到的样子。

　　这个演变过程十分复杂，写一本书都未必说得清。但是，我们不妨做一个小游戏：每首诗都是由一个个的汉字组成的。如果我们把每个汉字都看作一块拼插积木的话，几千年来诗的演变，就像拼插积木一样，是慢慢地插起来的。我们就来玩一

玩这个过程。

中国的诗歌起源相当早。早在原始社会，诗歌就诞生了。有一首诗是这么写的：

断竹，续竹。飞土，逐肉。

这首诗就八个字，每句两个字，实在太原始了。它写了一件什么事呢？"断竹"就是砍断竹子，"续竹"就是装上弓弦，"飞土"就是把泥土球放在弓弦上射出去，"逐肉"就是打到了猎物——猎物打回来是为了吃肉嘛，所以叫"逐肉"。没错，这首诗写了一个完整的原始人捕猎的故事。

这种能发射泥土弹的武器，就是弹弓。所以这首诗就叫"弹歌"。不过不是你玩的那种带橡皮筋的弹弓，而是和射箭的弓样子差不多，只是弓弦上有一个皮窝。

一个汉字是一块基础积木，两块插在一起，就成了一个新的积木零件"二字句"。

断 + 竹 = 断 | 竹

这种"原始"的诗并不难作。你也可以试一试。比如你可以模仿《弹歌》，写一首妈妈包饺子的诗："揉面，剁馅。剥蒜，吃饭。"不要笑，这还真的是一首诗。也许再过几千年，会有人根据它研究饺子的包法的。

不过，《弹歌》这首诗因为太短了，容量有限，很难写得更好。人们要说的内容越来越复杂，比如记录事情、描写风景、抒发感情，于是两个字写不下的，就用更多字来写；一句话说不完的，就用更多句话来说，诗也就越来越长了。

《弹歌》里一共有四块"二字句"积木，如果这些"二字句"积木再两个两个拼插在一起，念成"断竹续竹，飞土逐肉"，一种更新的积木零件就出现了，这就是"四字句"。

四字句比二字句，讲的事情又多了一些。所以，先秦社会很长一段时间里，四字一句的诗是主流。四言诗最典型的就是《诗经》。《诗经》里收录了许多民歌，记录着那个时代的人们的喜怒哀乐、悲欢离合。比如六年级下册"古诗文诵读"的第一首《采薇》：

> 昔我往矣，杨柳依依。
>
> 今我来思，雨雪霏霏。
>
> 行道迟迟，载渴载饥。
>
> 我心伤悲，莫知我哀。

虽然是三千年前的诗，但其实很好懂。说的是一个出征的军人，在返家途中，回想当初出征时，杨柳随风飘拂。如今回来了（"思"是一个发语词，没有意义），大雪纷纷，满天飞舞，道路泥泞，难以行走。"我"又饥又渴，但是，谁知道"我"心里的悲痛呢。"杨柳依依"已经是一个常用成语了。

杨柳 ＋ 依依 ＝ 杨柳｜依依

而且，四字句是由两块积木拼成的，念的时候，拼缝的地方可以停顿，这就是节奏，比如"杨柳依依"可以读成"杨柳／依依"。

如果一首诗满篇都是这种四字积木，也够单调的。所以，人们想，能不能再换一种插法呢？

于是，在四言诗里，经常出现一些五言句子，比如《诗经》里《蒹葭》第一段：

蒹葭苍苍，白露为霜。

所谓伊人，在水一方。

溯洄从之，道阻且长。

溯游从之，宛在水中央。

"宛在水中央"，就是一个五言句。要注意的是，它并不是四言诗加一个字变来的。因为这句话删掉任何一个字，意思都会变。"宛在"的意思是"好像在"，"水中央"也没法拆。因此，这是一块二字积木插一块三字积木，而不是在一块四字积木上添一块一字积木。念的节奏，也只能是"宛在／水中央"

宛在 ＋ 水中央 ＝ 宛在 ｜ 水中央

于是，一种新的积木插法出现了，这就是"前二后三"的节奏。

前二后三的插法，比起"蒹葭／苍苍，白露／为霜"这样的"二二"搭法来，是一种新玩法。假如你加一块积木，把整句话改成"溯游而从之，宛在水中央"，就是两句好听的五言诗了。虽然"溯游而从之"的插法是"二一二"，但"而"和"从之"可以先看成是一块三字积木，依然和"溯游"形成前二后三的插法。

诗歌字数的变化，除了要表达的内容增多之外，还有一个重要的原因，就是要变得更适合吟唱。"二三"节奏有变化，比死板的二二节奏好听，更容易唱。比如现代人胡适作词，王雪晶、卓依婷等人唱的《兰花草》：

我从山中来，带着兰花草。种在小园中，希望花开早……

仍然是一首好听的流行歌曲。

所以到了汉代，五言诗大量出现，比如你熟悉的《长歌行》：

青青园中葵，朝露待日晞。

阳春布德泽，万物生光辉。

常恐秋节至，焜黄华叶衰。

百川东到海，何时复西归。

少壮不努力，老大徒伤悲。

一共十句，全是五言句。你可以试试用《兰花草》的调子，依然能把这首诗唱出来。

五言诗的产生基本就是这样，但是五言诗之外还有七言诗。不要想当然地以为：七言诗是一块五字积木加一块二字积木形成的。它有另一套插法。

假如我们把《蒹葭》动动手术，把每个下半句都拆掉一块积木，就会变成下面的样子（不要害怕动手术，我们这本书会经常给古诗动手术，把古诗当乐高积木拆装才是最好玩的事情）：

> 蒹葭苍苍，露为霜。
>
> 所谓伊人，水一方。
>
> 溯洄从之，阻且长。
>
> 溯游从之，水中央。

咦，除了稍微变了点味之外，似乎也不是不行啊。

这就变出了一种新玩法："四三"结构。如果把逗号去掉，连起来念，不就成了一首七言诗了吗？

> 蒹葭苍苍露为霜，所谓伊人水一方。
>
> 溯洄从之阻且长，溯游从之水中央。

你可以看一下，几乎所有的七言诗，什么"日照香炉生紫烟"，什么"两个黄鹂鸣翠柳"，全都是这种"前四后三"的

插法。无论是怎么插起来的，四和三之间一定有一道最明显的
"拼缝"。念的时候，也是一定要在四和三之间停顿，这样的
念法才是好听的。

两个 ＋ 黄鹂 ＋ 鸣翠柳 ＝
两个 ｜ 黄鹂 ＋ 鸣翠柳 ＝
两个黄鹂 ｜ 鸣翠柳

这种四三插法的七言诗，在战国时就有了。比如齐国有个
穷人叫冯谖，他听说孟尝君礼贤下士，就去他府上当门客。但
是孟尝君对他的礼遇不高，吃饭没有鱼，出门没有车。冯谖就
弹着宝剑（当时叫"长铗"）唱歌：

长铗归来（乎）食无鱼。
长铗归来（乎）出无车！

孟尝君听见了，就给他鱼吃，给他车坐。这两句去掉没有
意义的感叹词"乎"，就是前四后三的插法。

到了汉代和三国时期，七言诗渐渐成熟了，比如曹丕的
《燕歌行》：

秋风萧瑟 / 天气凉，草木摇落 / 露为霜，

群燕辞归 / 鹄南翔。念君客游 / 思断肠……

这是第一首由文人创作的七言诗，依然是四三插法。还别说，好像和刚才我们改造的那首《蒹葭》有点像。没错，他拆的真是"白露为霜"，拆掉了一块积木"白"，然后放到了自己的诗里。

整齐的五言诗、七言诗，是诗歌的主流，它们统称"齐言诗"。此外还有"杂言诗"，字数长短不一，最有名的就是《敕勒歌》：

敕勒川，阴山下。

天似穹庐，笼盖四野。

天苍苍，野茫茫。

风吹草低见牛羊。

但是这种诗不是很多。成熟的诗，还是以整齐的五言、七言为主，并在汉代之后渐渐定型。

不过，诗人们是闲不住的，他们总要玩点新花样出来，让

诗更好看、更好听，于是，到了魏晋南北朝，诗人们写诗，开始讲究格律。

"格律"，顾名思义，就是诗的规格、法律，粗略地讲，就是对诗中字数、句数、押韵、对仗和声调等的要求。比如在诗的不同位置，分别用哪些声调，哪里要押韵，哪里上下两句要对仗等等。

早期的诗，虽然也有押韵和对仗，但对声调的要求，却是南北朝时期南朝齐的一些诗人提出来的。他们制定了一系列写诗用字的要求，并依照这些要求来创作诗歌，称为"永明体"。等到唐初，诗人沈佺期、宋之问等人又进一步改造永明体的格律要求，创作了不少符合格律的诗，这才使得格律渐渐固定下来，因为对当时人来讲，这种新的体裁出现的时代比较晚近，所以也叫作"近体诗"。

近体诗中最重要的一种，就是五言律诗，这是所有诗人都要会的。比如杜甫的这首《春夜喜雨》：

好雨知时节，当春乃发生。

随风潜入夜，润物细无声。

野径云俱黑，江船火独明。

晓看红湿处，花重锦官城。

五言律诗有什么特点呢？之前的五言诗，尽管每句都是五个字，但句数是不固定的，四句，六句，八句，十句，以至更多。甚至还有奇数句的。可是律诗却专指八句的诗。而且这个"律"字也表明，律诗是遵守格律的，包括对仗、声调和押韵等。这些细节，在后面的几讲里会进一步提到，这里就不多说了。

既然有五言律诗，自然也会有七言律诗。五言律诗是指五言八句、符合格律的诗，七言律诗自然是指七言八句、符合格律的诗了。不过，七律出现得比五律晚，而且写法也不一样。

比如你可能背过白居易的这首七律《钱塘湖春行》：

孤山寺北贾亭西，水面初平云脚低。

几处早莺争暖树，谁家新燕啄春泥。

乱花渐欲迷人眼，浅草才能没马蹄。

最爱湖东行不足，绿杨阴里白沙堤。

这首诗当然也可以改成五言诗，比如我们可以给它动动手术，每句拆掉几块积木，就成了：

寺北贾亭西，水平云脚低。

早莺争暖树，新燕啄春泥。

花欲迷人眼，草能没马蹄。

湖东行不足，绿杨白沙堤。

　　倒也不能说不通顺，不过这首诗的味道可就大大打了折扣。比如"孤山寺""绿杨阴"这样三个字的词，没法拆开，只好稀里糊涂地说成"寺北贾亭西"，"绿杨白沙堤"，而且，"几处""谁家"这样细致的描写和发问，也就没法写出来了。删掉了"初平"的"初"，"渐欲"的"渐"，和"才能"的"才"，水面、花朵、野草的动态就没有了，也就没法体现出草长莺飞、春色渐深的渐变过程。可见和五言诗相比，七言诗不只是字数增多了，而且句式也变得复杂了，表达的内容也越发丰富了。

　　除了八句的律诗，在小学阶段，更常见的一种诗歌体裁就是四句组成的绝句了。其中以五言绝句和七言绝句为主。从形式上看，绝句是把律诗切了一半。有人说这就是"绝句"这个名字的来源。不过也仅限于形式，写法上，绝句和律诗并不相同。

　　例如你学过的杜甫的一首诗，名字就叫"绝句"：

两个黄鹂鸣翠柳，一行白鹭上青天。

　　窗含西岭千秋雪，门泊东吴万里船。

　　七个字的绝句叫七绝，五个字的绝句叫五绝。比如卢纶的《塞下曲》：

　　林暗草惊风，将军夜引弓。

　　平明寻白羽，没在石棱中。

　　最后一件必须讲清楚的事，那就是诗的体裁。这个问题非常复杂，但可以按历史顺序分为三段。第一段是先秦，第二段是汉魏六朝，第三段是唐代到今天。

　　汉魏六朝的诗，一般被唐代之后的人统称为"古诗"（这个"古诗"和我们通常意义上的"古诗"意思并不一样）。而这些"古诗"又分两种：一种是用来唱的，一种是不用来唱的。可以唱的通常又叫"乐府诗"（"乐府"本来是秦汉时期设立的专门掌管音乐的机构）。比如你熟悉的"江南可采莲"就是乐府诗，当时是可以唱的。唐代时从乐府诗中发展出一种更加复杂、能唱的"歌行"。此外，文人还会写一些不能唱的诗，或记述事件，或描绘景物，或抒发情感，通常是诗人心有所触，不得不发，并不为唱给谁听。

而唐代之后的诗，凡是符合格律的五绝七绝（严格来说绝句还分古绝和律绝，这里不作区分）、五律七律（还包括句数更多的长律），因为出现的时间比较晚，所以统称为"近体诗"或"今体诗"（从唐朝到现在都算"今"）。而之外的，依照刚才说的"古诗"的作法写的，统称为"古体诗"（也经常叫"古风"，其实还有很多细分，这里只取最宽泛的一种分法）。

而再早的诗歌，如先秦的《诗经》《楚辞》，虽然年代更古，但并不适合叫"古体诗"，因为那个时候也没什么体。《诗经》就叫"诗"，《楚辞》叫"骚"，其他零碎的一般叫"古辞"、"古歌"或"古谣"。

这些概念虽然枯燥，但确实是必须讲的，因为之后我们会经常用到这些概念。

我们的传统诗歌从《诗经》《楚辞》开始，一路发展下来，演化出了五、七言古诗，出现了配乐的乐府诗，形成了格律，产生了近体诗。近体诗和古体诗，一直流传到今天，没有发生大的改变。

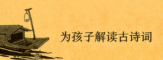

1. 把以下先秦谚语动动手术，改成前二后三结构的五言诗：

   （1）众志成城，众口铄金。

   （2）蓬生麻中，不扶自直。白沙在涅，与之俱黑。

2. 把以下先秦谚语动动手术，改成前四后三结构的七言诗：

   （1）天下攘攘，皆为利往。天下熙熙，皆为利来。

   （2）见兔而顾犬，未为晚也；亡羊而补牢，未为迟也。

为什么说学诗要先懂体裁？

我们已经知道，古代的诗歌大体上可以分为诗和词；诗又可以细分为五律、七律、五绝、七绝、古风（五古、七古）、乐府、歌行等。小学阶段，接触的五绝、七绝比较多，五绝如《春晓》《江雪》《宿建德江》等，七绝就更多了，《望庐山瀑布》《赠汪伦》《咏柳》……还有少量乐府诗，如《长歌行》。五律、七律就很少，古风和歌行就更少了，恐怕要上高中才能接触到。

那么我们为什么要反复讲诗歌的体裁呢？因为这是我们平时容易忽视的一件事。

一般情况下，讲诗词是这样的：先讲一下难懂的字词，接着串讲一下意思，然后讲解一下这首诗的文学价值，最后背诵全诗。如果再有时间，可能会讲讲作者的生平，以及这首诗写作的背景。

这种讲法，当然没有问题。但是忽略了一件事：诗的不同体裁，表达的内容、情感，是不同的。

我们之前说过，唐代以前的汉魏南北朝诗，分能唱和不能唱两类。能唱的叫"乐府"。这种乐府诗，唐代之后的人还在写。

比如李白有一首非常著名的《长干行》，"青梅竹马"这个成语就来自这里：

　　妾发初覆额，折花门前剧。郎骑竹马来，绕床弄青梅。同居长干里，两小无嫌猜。十四为君妇，羞颜未尝开。低头向暗壁，千唤不一回。十五始展眉，愿同尘与灰。常存抱柱信，岂上望夫台。十六君远行，瞿塘滟滪堆。五月不可触，猿声天上哀。门前迟行迹，一一生绿苔。苔深不能扫，落叶秋风早。八月蝴蝶来，双飞西园草。感此伤妾心，坐愁红颜老。早晚下三巴，预将书报家。相迎不道远，直至长风沙。

《长干行》是乐府曲调名。长干，就是"长干里"，是街巷的名字，在今天的南京市，当时非常繁华。

也就是说，《长干行》并不专指某一首诗，许多人都会将诗冠以这个题目（通常叫"乐府古题"），题为《长干行》的诗是怎么唱的，现在已经不知道了。除了李白之外，崔颢、李益等大诗人都写过《长干行》，基本上都是写青年男女的感情。

既然是乐府古题，就是能唱的，其实就是一首歌的歌词。既然是歌词，就要符合歌词的一般规律。

李白是个精通音乐的人，所以他写这个女孩十四岁如何，十五岁如何，十六岁如何……这就是会写歌词的写法，因为歌词需要回环反复的效果，这种写法叫"复沓"。还有，"一一生绿苔"后面马上接"苔深不能扫"，上一句的最后一个字，下一句再重复一下，显得特别流畅，这种手法叫"顶针"。这也是歌词的写法。

前文提及，在唐代，从乐府诗中发展出一种更加复杂的、能唱（或者名义上能唱）的诗，叫"歌行"。最典型的，就是白居易的《琵琶行》：

浔阳江头夜送客，枫叶荻花秋瑟瑟。主人下马客在船，举酒欲饮无管弦。醉不成欢惨将别，别时茫茫江浸月。忽闻水上琵琶声，主人忘归客不发。寻声暗问弹者谁，琵琶声停欲语迟。移船相近邀相见，添酒回灯重开宴。千呼万唤始出来，犹抱琵琶半遮面。转轴拨弦三两声，未成曲调先有情。弦弦掩抑声声思，似诉平生不得志。低眉信手续续弹，说尽心中无限事……

乐府和歌行的区别在于：如果诗人起的标题是乐府古题（可查阅《乐府诗集》），就算乐府；没有乐府古题，但名字叫"歌""行""吟"等，一般就算歌行。所以，《长干行》虽然带个"行"字，因为这是乐府古题，就归在乐府；《琵琶行》《茅屋为秋风所破歌》《梦游天姥吟留别》，都不是乐府古题，而是诗人自写自唱的，就是歌行。歌行韵脚不拘、形式灵活，保留着古乐府叙事的特点，还有一点：歌行一般都是以七言为主的。

乐府要依照古题来写，所以抒发的情感，一般是普遍的、大家都懂的。比如《长干行》，长干这个地方靠近长江，有无数家庭都是丈夫经商在外，妻子在家苦苦等候。所以这个题目，写的往往是一种普遍的感情——李白并不一定真的认识这么一对小夫妻。

而歌行往往会写诗人自己的经历，或者讲一个特定的故事。《琵琶行》《长恨歌》，讲的都是真实的事（或者诗人让我们相信这是真实的事）。《茅屋为秋风所破歌》，诗的名字就告诉你，这是诗人自己的故事。这么看来，乐府更像大众歌曲，歌行更像自弹自唱。

还有一种诗，叫"古风"，可以追溯到汉魏以来不能唱的五言"古诗"。同样举李白的一首代表作：

> 大雅久不作，吾衰竟谁陈？王风委蔓草，战国多荆榛。龙虎相啖食，兵戈逮狂秦。正声何微茫，哀怨起骚人。扬马激颓波，开流荡无垠。废兴虽万变，宪章亦已沦。自从建安来，绮丽不足珍。圣代复元古，垂衣贵清真。群才属休明，乘运共跃鳞。文质相炳焕，众星罗秋旻。我志在删述，垂辉映千春。希圣如有立，绝笔于获麟。

我估计你是基本看不懂的——看不懂就对了，因为全篇都是大道理。这首诗讲的是从《诗经》到唐代的文学演变，细讲能写一本书，可以说是李白的文学宣言。

虽然这首也是五个字一句的，和《长干行》看上去没有区别，却分别属于"乐府"和"五言古风"两种体裁。古风是不能唱的，不但没有歌行那么流利，反倒故意避免流利，让你读着费点劲。前人说五古要"高古雄浑"，所以你会发现，古风是所有诗歌体裁里最不好背的一种。

大多数古风是五言的，因为是继承了汉魏以来五言古诗的传统（那时候七言诗极少）。唐代又出现了一种"七言古风"，成熟得更晚，要到中唐韩愈的时代了。这种七言古风，往往也写得"高古雄浑"，比如李商隐的《韩碑》：

元和天子神武姿，彼何人哉轩与羲。誓将上雪列圣耻，坐法宫中朝四夷。淮西有贼五十载，封狼生䝙䝙生罴。不据山河据平地，长戈利矛日可麾。帝得圣相相曰度，贼斫不死神扶持。腰悬相印作都统，阴风惨澹天王旗。愬武古通作牙爪，仪曹外郎载笔随。行军司马智且勇，十四万众犹虎貔。入蔡缚贼献太庙，功无与让恩不訾。……

和《琵琶行》比较一下，就会发现，虽然都是七言长诗，但完全不一样。《琵琶行》读起来就像它的那句描写琵琶曲的诗句"大珠小珠落玉盘"，摇曳流畅，朗朗上口，而《韩碑》大意是说：淮西节度使吴元济占据蔡州等地叛乱，唐宪宗元和十二年，宰相裴度率兵平叛，手下大将有李愬（愬）、韩公武（武）、李道古（古）、李文通（通）等，攻克了蔡州（实际上是李愬的功劳）。整首诗各种意象纷至沓来，给人密不透风的感觉，又难懂，所以这里只引用一段。

你们也许想不到，《韩碑》这首诗的这种风格，是李商隐主动的选择。第一，它通篇足足有五十二句，一韵到底，中间没有换韵。一般来说，长诗换韵，能让诗歌显得流利、富有音乐性。白居易的歌行《琵琶行》基本上是四句一换韵，前面几句，更是两句就换韵。张若虚的《春江花月夜》（乐府古题），也是四句一换韵。因为人们听一个调调容易烦。

不换韵，就显得单调，但也不是不好，单调可以写出凝重浑厚的感觉。就像你们校长，不可能成天嘻嘻哈哈、蹦蹦跳跳的。李白这么一个喜欢写乐府、歌行的人，偏偏有一组诗叫《古风五十九首》，基本上都是一韵到底，里面只有两三首中间换了韵。

第二，这首诗为了显得厚重，还喜欢"以文为诗"。比如"彼何人哉轩与羲"，意思是："唐宪宗是什么样的人啊？他是像轩辕黄帝和伏羲圣人那样的人！""帝得圣相相曰度"，意思是："皇帝得到一位贤明的宰相，这位宰相叫裴度。"这都是古文的语言，不是诗的语言。所以，这种七言长诗，我们统称为"七言古风"，而不能叫"歌行"。

当然，歌行（一般没有"五言歌行"的说法）和七言古风（七古），并没有严格的界限。高手互相借用对方的写法，是没问题的。但我们一定要知道二者本质上的区别。今天有些诗词爱好者写诗，不懂这个道理。他以为凡是七言长诗，就得叫什么"歌"，什么"行"，或什么"吟"，这种看法是错误的。

我们知道律诗分五律和七律，其实这两种体裁是不对等的。五律在唐朝之前就有了；而七律，要在杜甫手里才发扬光大，比五律晚了一百多年。所以，比杜甫年纪大一点的大诗人李白、王维，都不怎么写七律——不是他们不喜欢，而是那时七律还没有发展成熟。与五律相比，七律是一种年轻的诗体。

李白比杜甫大十一岁，算大了半辈人，实际上他们的文学成就也差了半辈人。我们今天觉得，李白自由奔放，似乎很"前卫"；杜甫沉郁顿挫，好像很"保守"。其实他们对诗歌新体裁的接受情况却恰恰相反：李白是一个很保守的人，杜甫反而是一个很前卫的人。李白喜欢写乐府诗，几乎把乐府古题写了个遍，这其实是一种"怀旧"的做法。而杜甫喜欢开拓新的形式，比如七律。

五律源于宫体诗（南北朝时期在南朝宫廷形成的一种诗风），讲究温润端庄，往往都是写一件物件、一片风景，或一个场面。即使有一肚子话，也不能随便嚷出来，而是把情感寄托在物象、风景、场面里。比如刘禹锡的《蜀先主庙》（蜀先主就是刘备）：

天地英雄气，千秋尚凛然。

势分三足鼎，业复五铢钱。

得相能开国，生儿不象贤。

凄凉蜀故伎，来舞魏宫前。

虽然第三联说到"刘备得到了诸葛亮，建立了蜀汉；可他生的儿子刘禅，却是个废物点心"，已经十分痛心疾首了，但最后刘禹锡还是把情感收住了。"凄凉蜀故伎，来舞魏宫前"，是一个典故。说蜀国灭亡后，司马昭摆宴招待刘禅这帮投降的君臣，故意让蜀国歌女在宴会上表演蜀国歌舞，别的大臣都伤心得抬不起头，刘禅却乐呵呵地看得起劲，还说"此间乐，不思蜀"。

刘禹锡并没有把他的痛心明摆出来，而是用一幅画面，来表现刘备身后霸业凋零的悲凉。这种表达，就显得庄重、沉稳。

七律则不同，它字数多，容得下更多的发挥，所以更容易抒发作者的感情。比如杜甫的《蜀相》：

丞相祠堂何处寻？锦官城外柏森森。

映阶碧草自春色，隔叶黄鹂空好音。

三顾频烦天下计，两朝开济老臣心。

出师未捷身先死，长使英雄泪满襟。

虽然前两句依旧庄重沉稳，但后面越写越激情澎湃。最后两句，作者简直是写着写着，哇地哭了出来。所以，五律往往比较收拢，像一位中年；七律往往是开放的，像一位青年。

这还不算什么，又比如文天祥的《过零丁洋》最后两句："人生自古谁无死，留取丹心照汗青。"

几乎是在喊口号了。但是，宋朝人在七律里喊出这样的口号，并不算不得体。

五律还常用在应酬的场合，比如送给朋友的五律，最后两句通常是这样的：

高山安可仰，徒此揖清芬。（李白《赠孟浩然》）

又送王孙去，萋萋满别情。（白居易《赋得古原草送别》）

慷慨倚长剑，高歌一送君。（王维《送张判官赴河西》）

思君若汶水，浩荡寄南征。（李白《沙丘城下寄杜甫》）

诗写到最后，对朋友（或假设的朋友）说两句客套话，这是五律的做法。李白寄给朋友的诗，一般都是五律。前面写写风景，回忆回忆交情，最后两句就说"我这朋友多么多么好呀，我是多么想念你呀"。但是七律，即使是送人，基本上也没有这种写景和客套话。

杜甫之后又过了一百年，到了晚唐李商隐的时代，七律就完全"放飞自我"了，比如他的《锦瑟》：

> 锦瑟无端五十弦，一弦一柱思华年。
> 庄生晓梦迷蝴蝶，望帝春心托杜鹃。
> 沧海月明珠有泪，蓝田日暖玉生烟。
> 此情可待成追忆，只是当时已惘然。

这首诗写得朦胧恍惚，其他人很难知道他所追忆的事情和表达的情绪究竟是什么，但就觉得它很有内涵，读起来能引发一种莫名的情绪。这当然是李商隐的开拓之功，但也得益于七律这种新体裁自身的一些特点。

我们当然可以动动手术，把它改成一首五律：

> 无端锦瑟弦，弦柱思华年。
> 庄子迷蝴蝶，君王托杜鹃。
> 月明珠有泪，日暖玉生烟。

情待成追忆，时来已惘然。

你是不是觉得："似乎还行。"其实是不行的。这个手术，虽然没有去掉太多原作的信息（"庄生"和"望帝"，为了调平仄做了一点改动），但最关键的是：用五律写这种朦胧隐晦的情感，就好像一个人本来应该穿一件休闲装，却穿了一件西服。不是说意思没有表达清楚，是体裁选错了。

最后说一说五绝和七绝。五绝和七绝，都像一首短歌。因为五绝来自南北朝五言四句的民歌，后来被文人模仿。七绝来自北方的七言歌谣，后来也被文人进行了格律上的改造。

为什么叫"绝句"，到现在为止还有很多争议。有人说绝句是把八句的律诗一截两半，所以叫"绝句"；有人说是文人聚会的时候一人说四句，这四句截出来，就算一个"绝句"。这是个学术问题，我们不多讨论。

绝句因为短，要写得神完气足，四句要讲清楚一件事，还不能拖拖拉拉。比如李白的《静夜思》：

床前明月光，疑是地上霜。

举头望明月，低头思故乡。

五绝和七绝，有一个最明显的区别，就是"五绝调古，七绝调近"。因为这两种体裁在发展的过程中速度不一样：七绝早在南北朝的梁、陈（比唐代早一百多年）时期，就开始接受文人的格律化改造（进行声韵、平仄、节奏的加工）。五绝一直到盛唐，都没有完全格律化，很多诗人都在写不合近体诗格律的五绝，又称"古绝"。例如可能是你学到的第一首诗——李绅的"锄禾日当午"，就是一首"古绝"。别看这首诗大家这么熟，它反倒是众多启蒙唐诗里的一个另类。

所以七绝给人的感觉是流畅亲切、悠长动听；五绝给人的感觉往往是高古质朴、平实短促。这没有好坏之分，只是艺术风格的区别。

七绝也是可以唱的。有些七绝本身就是乐府古题，例如王昌龄《采莲曲》：

> 荷叶罗裙一色裁，芙蓉向脸两边开。
>
> 乱入池中看不见，闻歌始觉有人来。

这种其实也可以归入乐府（但是一般按形式归在七绝）。实际上，盛唐有大量的七绝，都是用乐府古题，或者模仿乐府写的。所以我们完全可以把七绝看成一首短歌。又比如王维的

《送元二使安西》，其实还有个名字，叫《渭城曲》：

　　　　渭城朝雨浥轻尘，客舍青青柳色新。

　　　　劝君更尽一杯酒，西出阳关无故人。

　　这也是一首歌，甚至今天还可以配着琴曲《阳关三叠》唱出来。

　　所以，为什么小学生的古诗里，最多的是七绝？是因为它们本身就来自民谣（很多民谣本身就是童谣），而且在唐代的定型过程中，吸收了乐府诗的许多音乐性，短而动听，又不像五绝的声调过于短促，所以太适合启蒙的时候背诵了。我们学写七绝，也一定要写得明白流畅，要像一首小小的歌。

　　这一讲里，涉及了许多名词。我们为什么要知道这些呢？

　　第一，我们欣赏一首诗的时候，要知道：它的体裁，往往决定了它的艺术特点；而不是脑子里一团糨糊："反正都是古诗呗！"了解诗的体裁，这是我们进行深度思考和欣赏的基础。

　　第二，我们自己创作的时候，也应该注意这一点。比如，你如果想写景状物，那么不妨使用五律；如果想写自己的心情，不妨使用七律；七律写不下，就用歌行；如果追求更久远的感觉，就用乐府古题；如果想讲长篇大套的道理，就不妨用

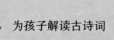

五古或七古。

你能根据题目和字数说出下列古诗的体裁吗？

1. 《酬乐天扬州初逢席上见赠》唐·刘禹锡

　　　　巴山楚水凄凉地，二十三年弃置身。

　　　　怀旧空吟闻笛赋，到乡翻似烂柯人。

　　　　沉舟侧畔千帆过，病树前头万木春。

　　　　今日听君歌一曲，暂凭杯酒长精神。

2. 《正月十五夜》唐·苏味道

　　　　火树银花合，星桥铁锁开。

　　　　暗尘随马去，明月逐人来。

　　　　游伎皆秾李，行歌尽落梅。

　　　　金吾不禁夜，玉漏莫相催。

3. 《子夜吴歌·秋歌》唐·李白

　　　　长安一片月，万户捣衣声。

　　　　秋风吹不尽，总是玉关情。

　　　　何日平胡虏，良人罢远征！

诗是怎样表达感情的?

诗词是表达感情的，但是，人类的感情多种多样，表达的形式也是多种多样。表达得得体、顺畅、优美，才能称得上是好诗。现在就来看几个例子。

考试，是你人生中很重要的一件事。临近考试，会有很多人发感慨，写成诗。比如，我在网上看到这样一首据说是小学生写的诗：

人生皆五苦，酸甜苦辣咸。

这次路考场，何处得味甜。

这首诗，一看就是一个没有经过任何训练的人写的诗。除了句法（如把"路过"简缩成"路"）、逻辑（佛教的"五苦"和日常说的"五味"混淆了）有严重错误外，作者还不知道如何用诗来讲述自己的心情。他只知道把他要说的话凑成四句，然后找两个押韵的字就完了。

那么，古代诗人是怎么写即将考试的心情呢？唐代朱庆馀有一首非常著名的《近试上张水部》：

> 洞房昨夜停红烛，待晓堂前拜舅姑[①]。
>
> 妆罢低声问夫婿：画眉深浅入时无？

"张水部"就是水部员外郎张籍，当时著名的大诗人。唐代的习俗，考生都会在考试前向文坛名流进呈诗文，获得声誉，这样被主考官知道，更容易录取。这在唐代称为"行卷"，不算作弊。朱庆馀也一样，在临考前写了这首诗献给张籍，希望得到他的推荐。

但是你单看这首诗，就会发现，咦，这首诗和考试完全无关啊！

是的，字面意思上完全看不出来。它是在说一个姑娘，新婚第二天，要去拜见公公婆婆了。但是，她怕打扮得不好看，

---

① 舅：公公；姑：婆婆。

不能讨公婆的欢心，就费尽心思化妆，还小心翼翼地问丈夫：
"我画的这个眉毛时髦吗？"如果不入时，没准儿公婆就不喜
欢了。

如果真是这样，那么这首诗的题目，为什么又叫"近试上
张水部"呢？

其实这首诗，通篇是在比喻。新娘就是朱庆馀自己，丈夫
就是张籍，公公婆婆就是主考官。新娘问"画眉深浅入时无"，
不是说眉毛合不合流行的式样，而是朱庆馀在小心地问张籍：
"我的诗写得怎么样啊？合不合当今的流行风格？"

这个意思，如果是一般人来写，恐怕是这样的：

参加考试盼人扶，手握诗文拜大儒。

请问文豪张水部，我诗风格喜欢乎？

倒也符合格律，但估计张籍没看完，就把你撵出来了。

意思还是这个意思，但为什么就不行了呢？不是说诗歌
要写自己的真情实感吗，为什么非得绕八道弯呢？

这就是我国诗歌的传统之一，像这种和人交往的诗，除了
极特殊的情况，通常忌直白浅露，要含蓄蕴藉。

也就是说，你就算有真实的感情（比如特别想知道自己水

平怎么样），也不能敞开嗓子乱嚷。你要用一个漂亮的、合适的比喻或意象，把你的感情寄托在上面，然后讲出来。第一显示了你的技巧；第二显示了你在这上面用了心；第三，显示出你是一个高雅、厚重的人，因为你非常注重交流的方式。如果直接劈头就问"我诗风格喜欢乎"，那是非常不礼貌的。

这是诗词的艺术，也是我们中国人的处世之道：温柔敦厚。这不是虚伪，而是一种精致，是人与人之间的互相尊重。

你可能会说，这个意思，张籍能看懂吗？

当然能看懂！因为张籍也是诗人，他当然熟悉这一套表达方式。他看了这首诗和朱庆馀的其他作品后，非常赞赏，写了一首《酬朱庆馀》回答他：

> 越女新妆出镜心，自知明艳更沉吟。
>
> 齐纨未足时人贵，一曲菱歌敌万金。

你看，张籍也并没有明说"老弟庆馀请放心，你诗功力很精深"之类的话，而也用了一个比喻。说有个越地（在今天浙江）少女，不仅长得艳丽动人，而且有绝妙的天然歌喉，是其他刻意雕琢的东西（齐纨：精美的细绢）所不能比的。

当然，朱庆馀也懂了。这就是高雅的表达方式。而这种用其他事物作比喻的写法，在传统诗词中有个专有的名词，叫"比"。

"比"的手法，在歌曲里是很常见的，例如一首你熟悉的歌《小松树》：

> 小松树，快长大。绿树叶，新枝芽。阳光雨露哺育它。快快长大，快快长大！

这首歌还有第二段，但即使不唱第二段，你也知道小松树是比喻少年儿童的。

　　是不是所有的"比"都有感染力呢？并不是，比如一副挂在大门的对联：

　　　　前门绿柳垂金锁，后户青山列锦屏。

　　这两句是《红楼梦》讽刺没文化的暴发户盖了新宅子，就喜欢在大门上挂这么一副对联。把绿柳比成金锁（初春的绿柳是金黄色的，像金色的锁链），把青山比作锦屏，自然也不算失败的比喻。但是这两句成了套话，和主人的性格、特点又不搭，就丝毫没有感染力了（而且"门""户"犯了对仗的"合掌"。至于什么是"合掌"，后文会提）。

　　那么，是不是诗里所有的话，都得用比喻的形式讲出来呢？直接说事不可以吗？当然可以。这就涉及诗的另一个手法，一般叫"赋"（这个"赋"和文体上的《阿房宫赋》的赋不是一回事；另外"赋""比""兴"三个概念，学者说法不一，含义在历史上也有变化，这里简单化处理，认为就是三种表达方法：赋是平铺直叙，比是比喻托物，兴是因物动情）。

全用"赋"的诗，也不是没有，比如你学过的一首
《悯农》：

> 锄禾日当午，汗滴禾下土。
> 谁知盘中餐，粒粒皆辛苦。

这就没什么比喻，前两句说农民多么辛苦，后两句纯讲大
道理。

但是，"赋"的时候，你得把握一点：你确定别人听了你这
番叙述后，能够感动。《悯农》的四句，因为写出了农民的辛苦，
粮食的来之不易，就非常有感染力。又比如陆游的《示儿》：

> 死去元知万事空，但悲不见九州同。
> 王师北定中原日，家祭无忘告乃翁。

这也是"赋"。陆游明白告诉儿子：我要死了，但是没有
看到国家统一，我有深深的遗憾。等到官军收复失地的那天，
你在祭祀的时候，一定要告诉我的在天之灵！

一般的人，临终的时候，往往有牵挂子孙、分割遗产、嘱
咐七大姑八大姨各种琐事，这当然是人之常情。

可陆游并没有交代这些，他奄奄一息的时候，还在想着国家没有统一，还在想着王师什么时候北定中原，这是多么宽广的胸襟，多么深厚的爱恋！所以，这种胸襟和爱恋，只要直说出来，就已经给人足够的震撼，任何花哨都不必有了。

我们之前讲过的夏明翰的"砍头不要紧"，也是这样。这首诗也是"赋"，够直白，但也是因为这是他在就义之前写的，我们完全被他的凛然大义感动了。

所以，直白并不是不允许，而是很多场合，我们都是心平气和的，就好比开头提到的进考场这件事，跟砍头相比，也实在没什么大不了的。所以，这种偏平和的感情，如果直戳戳地说"这次路考场，何处得味甜"，就不合适。

但是，假如这个人自幼失学，历经了千辛万苦，五十多岁了，还想圆一个大学梦，一定要参加一次高考，考一所大学。他站在考场前说出这两句，哪怕逻辑、句法有问题，哪怕他最后考不上，我们也会原谅他。因为他真的感动了我们。

有一首产生于汉魏战乱时期的乐府诗，说一个老兵，少年出征，年老了回到家乡：

十五从军征，八十始得归。道逢乡里人："家中有阿谁？""遥看是君家，松柏冢^①累累。"兔从狗窦^②入，雉从梁上飞。中庭生旅^③谷，井上生旅葵。舂谷持作饭，采葵持作羹。羹饭一时熟，不知贻^④阿谁。出门东向看，泪落沾我衣。

这首诗明明白白，两千年之后的我们不用怎么注释，也照样读得懂。八十岁的老兵回到家乡，兵荒马乱的几十年，亲人都死光了，老宅子成了坟地，屋里野草丛生，野兽出没，摘点野谷野菜做顿饭吧，可是给谁吃呢？这位孤独的老兵，又怎么度过残年呢？体会到他的心情，谁会不落泪呢？这就是写实的巨大力量。

所以，理解人类的感情，理解或选择表现的手法，这是我们学诗时要重点培养的素质。有人站在"精英"的角度，认为典雅富丽算好诗；有人站在"大众"的角度，认为直白好懂算好诗。这都是片面的。我们要"知人论世"，要懂得作者写这首诗的时候，背后是什么感情在支撑着他。

李白是写诗的顶尖高手，他的诗里也有很多"赋"。比如

---

① 冢：坟墓。

② 狗窦：狗洞。

③ 旅：野生的。

④ 贻：送。

你学过的《赠汪伦》：

> 李白乘舟将欲行，忽闻岸上踏歌声。

这两句就是平铺直叙的"赋"。简单到什么程度？一千三百年前的两句话，到今天不用注释，小学生也能看得懂。简单到一般没有诗人敢这么写。

但是，如果整首诗都是这种"赋"，那也太单薄了。可李白只是要离开而已，又不是学屈原要跳江了，所以后面如果接两句"汪伦待我非常好，当地人民很热情"，就不行了。因为全篇都是平铺直叙，所以李白忽然伸手一抓，就从现场凭空抓来一个现成的"比"：

> 桃花潭水深千尺，不及汪伦送我情。

一下子就把这首诗的格调弹起来了。这就是诗仙的本事。

另一首送别诗，就比较中规中矩了。这就是高适的《别董大》：

> 千里黄云白日曛，北风吹雁雪纷纷。

莫愁前路无知己，天下谁人不识君。

前两句，说黄云，说风中的大雁，说大雪，当然是要说高适送别董大时的心情，黄云、北风、大雁、白雪，虽然都和高适的心情有关，却不能说是高适心情的比喻；只能说高适看见了这些（或想到了这些），产生了和董大依依惜别的心情。所以，这不是"比"，而是"兴"。

"兴"，我们之前已经说过，从孔子时期就讲这个概念，它的基本意思是"因物动情"。《别董大》这首诗前两句就是"兴"，"兴"过了之后，感情铺平垫稳，后两句就开始"赋"，讲他劝慰董大的大道理。如果没有前面的两句"兴"，后面的大道理就显得尴尬。

再比如歌曲《听妈妈讲那过去的事情》：

月亮在白莲花般的云朵里穿行，

晚风吹来一阵阵欢乐的歌声，

我们坐在高高的谷堆旁边，

听妈妈讲那过去的事情。

"月亮在白莲花般的云朵里穿行"就是"兴"。如果没有这句，突然唱后面的，就显得突兀。

今天的流行歌曲，相当于古代的民歌，更是到处用"兴"这种手法，例如：

> 跟着我左手右手一个慢动作，右手左手慢动作重播。
> 这首歌给你快乐，你有没有爱上我？

王俊凯唱的前两句就是"兴"，易烊千玺唱的后两句才是真正要说的话。有些老人说："现在的流行歌曲真是无聊，唱的那些词毫无意义。"其实并不是啊，"兴"就是"先言他物以引起所咏之词也"。比如《孔雀东南飞》前两句的"兴"："孔雀东南飞，五里一徘徊。"和后面的爱情悲剧又有什么关系呢？所以，我们一定不要把古代和现代割裂开来，很多东西是一脉相承的，只是也许我们自己都没有明确意识罢了。

甚至你们全校开大会时的演讲："亲爱的同学们：金风送爽，丹桂飘香，我们又迎来了一个教师节……""金风送爽，丹桂飘香"就是"兴"，只是已经成了套话了。

有时候，"比"和"兴"不太好区分，就通称"比兴"（唐代发展出"兴寄""兴象"种种说法，这里不细说）。这种手法，以咏物诗中运用得最多。

咏物诗不是随便写的，一定要寄托自己的情感，或是认为自己和咏的那个东西相似，或是从那个东西上想到自己的某些特点。如果只是死抠着这件东西本身，那么怎么写都不会是好诗。比如《西游记》里有一首写狂风的诗：

　　　　黄河摧两岸，华岳振三峰。

　　　　威雄惊万里，风雨喷长空。

　　看上去气势很宏伟，但没有作者的感情在里面。这就不是合格的诗，而是说书先生的套话。

　　假如一位诗人现场看见了一件东西，触动了他的心情，当然算"兴"。但有时候，诗人并不是非得看见了东西才会写。例如《红楼梦》里，贾宝玉和姐姐妹妹们组织诗社，第一次活动是"咏白海棠"。

　　　　李纨道："方才我来时，看见他们抬进两盆白海棠来，倒很好，你们何不就咏起他来呢？"迎春道："都还未赏，先倒做诗？"宝钗道："不过是白海棠，又何必定要见了才做。古人的诗赋也不过都是寄兴寓情，要等见了做，如今也没这些诗了。"

迎春就比较呆，她不会作诗，性格也比较木讷。她觉得不看见这件东西，怎么能作诗？但宝钗就懂得诗的作用，寄寓心情，并不需要非得趴在那件东西面前，前后左右看够了才行（实际上迎春就算看够了也还是写不出）。所以大家都以《咏白海棠》为题，内容却不一样，每一首都体现了自己的性格。

你还学过一首诗《马》，是李贺写的：

　　大漠沙如雪，燕山月似钩。

　　何当金络脑，快走踏清秋。

你说这首诗，他是真的看见了一匹马后写的呢，还是坐在家里，把自己比作一匹马呢？已经不好说了。

但是，我们都能读出这首诗传达给我们的情感：马当然是李贺自比，他渴望建功立业，却又不被赏识，所以希望像骏马一样，戴上马具，驰骋边疆。所以前人说这首诗："边氛未靖（边疆没有安定），奇才未伸。壮士于此，不禁雄心跃跃。"

"赋""比""兴"，是我国古代诗词的重要传统。所以，这就回答了一个常见的问题："你给我讲诗，你说作者是这个意思，那你是怎么知道的？"

当然，我们永远无法回到当年诗人的现场，钻到他脑子里去找他的本意。但是，诗人们的写作，总是遵循着"赋""比""兴"的传统。这个传统就像一套密码，写诗的负责编码，读诗的负责解码，这套密码让受过诗词训练的人知道（至少是大面上），诗人会怎样把情感寄托在诗句中，读者也会这样来读，并和古人会心一笑（因为我们也会这么写）。而这种绵延不绝的传统培养出来的，正是一个个温柔敦厚、善解人意的中国人。所以说，诗教培养的是高级的人格。

下面两首诗都使用了比兴的手法，你能体会到吗？

1. 关关雎鸠，在河之洲。

　　窈窕淑女，君子好逑。（《诗经·关雎》）

2. 青青陵上柏，磊磊涧中石。

　　人生天地间，忽如远行客。（《古诗十九首·青青陵上柏》）

古诗词中都有哪些常见的主题？

　　我们在小学阶段，学过很多送别诗。比如《送孟浩然之广陵》《赠汪伦》《送元二使安西》等。"送别"是古诗词里一个非常重要的主题。因为古代交通和通信都很不发达，和朋友、亲人告别后，就很难再见到面，有时候甚至是诀别。这个时候，就容易产生好诗。

　　除了送别诗之外，还有许多主题，是古代诗人喜欢写的。现在就来假设一个场景：一个年轻的诗人，和亲人告别之后，离开了家乡，出去闯世界了。一路上，他可能会写哪些诗呢？

　　首先，在旅途中，他会经过许多地方。这些地方往往有不少名胜古迹。这些名胜，要么本身就是名山大川，要么就是坐落在山顶上、水边、城里的著名建筑，视野开阔，风景优美。

和爱旅游的现代人一样，古代诗人经过这里，也不免去看一看。这种活动就叫"登览"。登览时看到种种景象，就容易有感而发，写出诗来，或者写山河的壮丽，或者写自己的豪情，或者眼前的风景触动了自己的忧愁。这种诗就叫"登览诗"。大家最熟悉的《登鹳雀楼》，就是一首标准的"登览诗"。

登览有时候游览的是江河湖泊这样的水景，例如李白的《望天门山》，很可能就是在水面上写的；《望庐山瀑布》，很可能是从离庐山很远的地方眺望的，但仍然属于登览。登览诗和送别诗一样，也占了中小学必背古诗的很大一部分。直到今天，这些诗还为我们的写景作文提供着丰富的养料。

而且，几乎所有的名胜都有悠久的历史。诗人来到这里，就容易想起这里曾经发生过的故事。如果他在诗里侧重的是历史，就是"怀古诗"。"登览"和"怀古"往往是混在一起的。比如《登幽州台歌》，既是"登览"，又是"怀古"。

有些名胜，没什么自然风光可看，例如名人故居、庙宇等，诗人来到这里就是寻找历史的，就谈不上"登览"了，而是"怀古"。例如刘禹锡的《乌衣巷》：

朱雀桥边野草花，乌衣巷口夕阳斜。

旧时王谢堂前燕，飞入寻常百姓家。

乌衣巷在今天的南京，据说在三国东吴时期，这里是禁卫军的驻地，因为士兵穿的都是黑衣服，所以叫乌衣巷。后来，东晋两大贵族王家和谢家，就住在这里。这个地方我去过，几分钟就能走个来回，黑压压的全是游人，实在没什么好看。触动诗人思绪的，当然是历史，而不是风光。

　　在古诗词中，怀古诗一般都比较沉重。因为主题是久远的历史，很容易产生物换星移、物是人非的苍凉感；或者诗人想

到了古人的丰功伟业，联系到自己怀才不遇、时局的动荡不安，也容易写得十分沉痛。

我们假设这位诗人游历了全国各地，积累了不少经验，准备建功立业了。这时，他可能会跟着官军到边疆效力，就容易写出许多"边塞诗"。

唐代国力强盛，在西北、东北开疆拓土，除了打仗之外，还需要在当地种田、定居，以及和边境上的各民族和平交往。所以有许多诗人或者关心边疆事务，或者直接参军。所以唐代诗歌"边塞诗"非常成熟。

唐代人大多生活在中原地区，到了西北、东北边疆，第一眼看到的，就是辽阔的大漠、雄伟的山脉、一望无际的荒原，当然是激动的、好奇的。比如新疆有一座火焰山，山上全是红色的岩石，夏天的中午酷热无比，沙子里可以烤熟鸡蛋。《西游记》中"三调芭蕉扇"的火焰山，原型之一就是这里。这种神奇的景象，是中原没有的。所以著名的边塞诗人岑参有一首《火山云歌送别》，专门写这座山：

　　　　火山突兀赤亭口，火山五月火云厚。

　　　　火云满山凝未开，飞鸟千里不敢来。

　　　　……

参军打仗，为国建功，对热血男儿来说，无疑是一种强大的召唤力。所以边塞诗里，有不少体现这种感情的诗，例如王昌龄的两首《从军行》：

　　　　青海长云暗雪山，孤城遥望玉门关。
　　　　黄沙百战穿金甲，不破楼兰终不还。

　　　　大漠风尘日色昏，红旗半卷出辕门。
　　　　前军夜战洮河北，已报生擒吐谷浑。

　　但是，长期的战争也会给老百姓带来很大的苦难。所以，还有一部分边塞诗，写的就是战士的辛苦、妻离子散的悲痛。之前提到的"可怜无定河边骨，犹是春闺梦里人"，就是一首传诵千古的佳作。又如另一位边塞诗人高适的《燕歌行》：

　　　　……
　　　　山川萧条极边土，胡骑凭陵杂风雨。
　　　　战士军前半死生，美人帐下犹歌舞。
　　　　……

北方的边疆，天气极为寒冷。战士们要么忍饥挨冻，要么奋力迎敌，今天不知明天能不能活下来。然而，将军们却在大帐里寻欢作乐，欣赏美人们唱歌跳舞。这是多么不公！

　　边疆有不公的现象，朝廷也有许多问题，有诗人看不下去了，就经常写诗批评，这种诗叫"讽喻诗"。

　　唐代的讽喻诗，数白居易写得最好。因为他观察到当时许多社会问题，一个一个地写进诗里，比如《卖炭翁》：

　　　卖炭翁，伐薪烧炭南山中。满面尘灰烟火色，两鬓苍苍十指黑。卖炭得钱何所营？身上衣裳口中食。可怜身上衣正单，心忧炭贱愿天寒。夜来城外一尺雪，晓驾炭车辗冰辙。牛困人饥日已高，市南门外泥中歇。翩翩两骑来是谁？黄衣使者白衫儿。手把文书口称敕，回车叱牛牵向北。一车炭，千余斤，宫使驱将惜不得。半匹红绡一丈绫，系向牛头充炭直。

　　这首诗的标题旁边，就标着"苦宫市也"四个字。原来当时的皇宫经常派宦官到民间市场买东西，见到合意的，就口称"宫市"（奉旨购买），随便给几个钱，就把货物拿走。其实相当于抢劫，但老百姓害怕他们的势力，不敢和他们争，闹得民怨非常大。

《卖炭翁》这首诗的意思是说，有位卖炭的老翁，整年在南山里砍柴烧炭。一个冬天的早晨，他拉着车，装着一千多斤炭，碾着厚厚的积雪，到长安城里去卖炭。没想到来了两个宫市的宦官，硬把炭拉进宫去了。老人家百般不舍，但又无可奈何。这两个宦官拿出半匹红纱和一丈绫子（不值多少钱），朝牛头上一挂，就充当炭的价钱了。

白居易写过很多类似的诗，批评当时的各种弊政。其他诗人，例如李绅的《悯农》，也是一首著名的讽喻诗：

> 春种一粒粟，秋收万颗子。
> 四海无闲田，农夫犹饿死。

讽喻诗往往写得清楚明白，要让人知道自己批评的是什么。

诗人的生活，和我们老百姓一样，大多数时间也都是平平常常的，春节放爆竹，元宵节看灯，端午节包粽子，中秋节赏月，除夕吃团圆饭，春天踏青游玩，夏天划船赏荷，秋天饮酒种菊，冬天围炉看雪……这些四季生活中的情趣、悲欢，诗人也非常敏锐地捕捉到了，写成诗篇，可以统称为"时令节序诗"。

这类诗，也是中小学课文里的常客，因为观察四季的变化，就是在观察大自然；观察过年过节身边人的表现，就是在观察社会。比如孟浩然的《春晓》：

> 春眠不觉晓，处处闻啼鸟。
> 夜来风雨声，花落知多少。

我写这部书稿的时候，正好是夏天。我就想起高骈的一首《山亭夏日》：

> 绿树阴浓夏日长，楼台倒影入池塘。
> 水晶帘动微风起，满架蔷薇一院香。

这首诗没有什么特别深刻的含义，但是楼台倒影、水晶帘动，体现了作者对精致的小细节是体察入微的。

过节也容易产生好诗，因为亲人有散有聚，容易感受到光阴的变迁。例如王安石的《元日》：

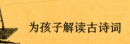

爆竹声中一岁除，春风送暖入屠苏。

千门万户瞳瞳日，总把新桃换旧符。

王维的《九月九日忆山东兄弟》，写的是重阳节，也是一首相当好的节序诗：

独在异乡为异客，每逢佳节倍思亲。

遥知兄弟登高处，遍插茱萸少一人。

诗人年纪大了，退休在家，有了大宅子，生活安定富足，于是有时间四处游山玩水。如果在诗中专门描写山水风光，就叫"山水诗"。

你可能会问，开头提到的"登览"不也是游山玩水吗？是的，"山水"和"登览"有重合的地方，但是山水诗一般写的是清新淡远、自然飘逸的感情。像"白日依山尽，黄河入海流"这种，虽然也有山有水，但就不能算山水诗。

因为山水诗起源于东晋时期，那时候的诗人一般都是贵族，他们崇尚自然，有钱旅游，并且喜欢在山水中寻找哲理和趣味。例如山水诗鼻祖谢灵运的代表作《石壁精舍还湖中作》：

昏旦变气候，山水含清晖。

清晖能娱人，游子憺忘归。

……

　　这就是山水诗中体现的典型的寄情山水、流连忘返的感情。石壁精舍是谢灵运的别墅，在今天的浙江。他的游览范围，也基本上是庄园附近的山山水水，顶多来回两三天的路程，不可能从浙江跑到新疆去。所以，"登览诗"往往发生在旅途中，"山水诗"往往发生在自己家周围（有的山水就是他家的）。"登览"一定是名胜古迹，"山水"往往是野山野林。但你可不要觉得后者旅游容易，因为过去交通不发达，越是有野趣的山，越难走，所以得浩浩荡荡地带一大堆人，负责开路的，负责带饭的，负责背衣服的，负责抬老爷的……这种环境下写出来的诗，肯定是怡情养性、谈玄论道的调调，而不是"前不见古人，后不见来者"的悲壮情怀。所以，"登览"的诗人什么身份都有，"山水"诗人往往有大别墅，是贵族。

　　在家附近的山里玩一玩，就可以写"山水诗"；在家住着呢？就可以写"田园诗"。所以，"山水诗"往往和"田园诗"合在一起，叫"山水田园诗"。

　　顾名思义，田园诗是写农村生活的。田园诗的鼻祖，要数东晋大诗人陶渊明。他辞官不做，回到家乡，写了大量反映农村生活的诗歌。比如他著名的《归园田居》：

> 种豆南山下，草盛豆苗稀。
>
> 晨兴理荒秽，带月荷锄归。
>
> 道狭草木长，夕露沾我衣。
>
> 衣沾不足惜，但使愿无违。

唐代王维、孟浩然，也是当时田园诗的代表人物。例如孟浩然的田园诗，写得淡淡的，又特别富有人情味：

> 故人具鸡黍，邀我至田家。
>
> 绿树村边合，青山郭外斜。
>
> 开轩面场圃，把酒话桑麻。
>
> 待到重阳日，还来就菊花。

王维则又不同，他在终南山有大宅子，叫"辋川别墅"，所以他的"田园"就在"山水"里，他写的诗，既有山水的哲理，又有田园的情趣，比如最有名的《山居秋暝》：

空山新雨后，天气晚来秋。

明月松间照，清泉石上流。

竹喧归浣女，莲动下渔舟。

随意春芳歇，王孙自可留。

这已经不好归入"山水"还是"田园"了，因为实在是要什么有什么。既有山林雨后的清新风景，又有田园生活的美丽画面。所以这首诗是王维当之无愧的"山水田园诗"的代表作。

这一章，我们提到了许多古诗常见的主题：登览、怀古、边塞、讽喻、时令、节序、山水、田园等。古诗的分类，当然不止这些。元代大诗人方回编了一部书，叫《瀛奎律髓》。这部书收了二百多位著名诗人的诗，分成了四十九个大类。例如讲做官的"宦情"类，讲亲情的"兄弟"类，讲旅途的"旅况"类，讲身体的"疾病"类等，你如果阅读量多一些，也一定或多或少地接触过。诗的每一个类别，都有一些基本的情感特色。如果我们读了之后都能感受到的话，就可以称得上是一位能共情的人了。

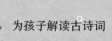

你能从下面两首诗的题目判断它们是什么主题吗？

1.《晚登三山还望京邑》(南北朝·谢朓)

　　　　灞涘望长安，河阳视京县。

　　　　白日丽飞甍，参差皆可见。

　　　　余霞散成绮，澄江静如练。

　　　　喧鸟覆春洲，杂英满芳甸。

　　　　去矣方滞淫，怀哉罢欢宴。

　　　　佳期怅何许，泪下如流霰。

2.　　　　《凉州词》(唐·王翰)

　　　葡萄美酒夜光杯，欲饮琵琶马上催。

　　　醉卧沙场君莫笑，古来征战几人回？

什么是诗的意境?

经常听人说:"这首诗有意境。""那首诗的意境很好。"好像评价一首诗好不好,一定要谈论这个非常玄乎的"意境"。那么,什么是意境呢?

其实很好理解,比如我们说这么一句话:

门外来了个人,狗叫起来。

这句话没有任何意境,只是一件非常简单的事,可以发生在古今中外任何养狗的家庭里。

但是,稍微改一改,就不一样了。比如:

雪夜，门外来人，狗叫起来。

好像有点味道了。你会感兴趣，这人是干什么的？为什么要在雪夜来访呢？如果再改一改呢？

柴门闻犬吠，风雪夜归人。

这就是刘长卿《逢雪宿芙蓉山主人》里的名句了。漫漫山路，狂风大雪，忽然遇到一户人家，虽然是穷苦人家，却也给了诗人无限的温暖。当然，如果结合刘长卿的人生经历，还能读出更多的辛酸来。

你发现没有，这三句话都是十个字，但是一句比一句细化，一句比一句装的东西多，一句比一句有画面感。如果没有"柴门闻""风雪夜"，只剩"犬吠"和"归人"，就不是意境。所以，这十个字，虽然平铺直叙，却制造了一个小小的、带有作者感情的场景。

第一句里，什么样的门不知道，狗在什么情况下叫的，也不知道，所以画面是模糊的，就谈不上有场景感。第二句里，场景虽然比较明确了（至少我们脑子里能想象出来了），但是仍然看不出作者为什么要说这句话。第三句就不同了，地点是

"柴门"，时间是"风雪夜"，狗叫是因为"夜归人"，是一幅明确的画面。

当然，语文课上，老师可能会讲，这个"夜归人"可能指宅子的主人，也可能指刘长卿自己。但不管如何，这个场景，触动了作者的心灵，也触动了我们的心灵。

我读书的时候，就遇到过这样的场景。有一年冬天，我女朋友病了，她在我乡下的老家养病。这地方离北京九十公里。我每天一大早坐公交去北京市里打一份零工，不然就没有钱花，干完活，傍晚回来。路上坐车就得五六个小时。

有一天，下起了大雪，到家已经是夜里。在村口下车后，还要走一段路才能到家。顶着狂风，冒着大雪，总算到了家门，看到了昏黄的灯光，听到了我家的狗叫，当时眼泪差点下来。打工的辛酸，家里的温暖，一时都聚在心头，心里想到的，就是这两句"柴门闻犬吠，风雪夜归人"。

这两句到底给了人什么感受？一两句话讲不清楚，但经历过的人，自然知道。没经历过的，听了我这个故事，想必也能体会。大致的意思，就是在一个寒冷、肃杀、艰难的环境中，营造了一个小小的、温暖的避难所。虽然这座避难所很简陋，但毕竟有热情的主人，有汪汪叫的小狗，有一道柴门，一座茅屋，为你抵挡风雪。就像大海中的一座小小孤岛。这份生

机，这份温暖，就显得格外珍贵，就让人充满希望。所以前人
说这两句诗：

　　　　此诗直赋实事，然令落魄者读之，真足凄绝千古。

　　经历过穷困的我，是能深深感受到的。

　　这就是"意境"，用文字制造的带有感情的、能够感染人
的场景。"柴门闻犬吠，风雪夜归人"里，有这种深沉的意境。

这个意境里，所有的材料，都是为了这份感觉存在的。所以要有"风""雪"和"夜"，没有这些不足以体现外面的艰难；要有"柴门"，没有这个不足以说明这座避难所的简陋；要有"犬吠"，汪汪的狗叫声让人感到亲切、有生机。当然，还要有"归人"，不管这归人是主人还是作者，都会让人感到格外的温暖。

所以上面六种材料，参加了整个"意境"的创造；就像拍电影的布景、道具一样，一样都不能少。换了一样，意境就破坏了。

比如，你会说，"柴门"多寒酸呀，既然是避难所，不是越安全、越舒适越好吗？改成表示富贵人家的"朱门"行不行呢？这样和风雪夜的对比不是更强烈了吗？

不行！因为这个意境，如果想传达出我刚才说的那种感觉，避难所是越简陋越好，而不是越舒适越好。越简陋，才越体现出茫茫旅程中住宿处的稀缺——一个仅能容身的落脚点而已。如果作者住在豪门大户里，酒足饭饱，暖炉锦被，穷困失意的感觉就完全没有了！

当然，如果非要用"朱门"，也可以彻底动动手术，制造一个新意境。那就需要把前两句改成：

歌筵卷重茵，高车过往频。

朱门闻犬吠，风雪夜归人。

载歌载舞的宴会散了，冷天用的好几层的垫子卷起来了，送客人的车来来往往——有了这两句的铺垫，哦，朱门大户里的狗叫起来了，原来是主人花天酒地喝了一夜，连刮风下雪都不顾，总算回来了。

只有这种场景，才配得上"朱门"。那么，这个意境，就不是艰难旅程中的慰藉，而是对达官显贵夜夜笙歌的讽刺了。

你可能还会说，"柴门"，还不够冷，如果改成"寒门闻犬吠，风雪夜归人"呢？

也不行，因为"寒门"的"门"，说的不是真正的铁门、木门，指的是家族、家庭。所以"寒门"是一个抽象的东西，意思是"贫寒的门第"。虽然"寒门"家里很可能会安一扇"柴门"，但你不能直接把"寒门"扔到风雪夜里，扔不进去的。这个道具，剧组根本就做不出来。所以，这也不是成功的意境。

所以，意境必须用文字创造一个画面，一个场景，一个故事。画面不能单调，场景不能模糊，故事不能混乱。而这个画面、场景、故事，必须寄托了作者的感情。所有的文字，都是为了这种感情服务的。

意境可以是"赋"，也可以是"比"和"兴"。前文说的"妆罢低声问夫婿：画眉深浅入时无"和"千里黄云白日曛，北风吹雁雪纷纷"，都是绝佳的意境。换句话说，赋、比、兴是诗的手法，而意境是诗的目的。

明白了这些道理，我们就可以再看一个例子——柳宗元的《江雪》：

千山鸟飞绝，万径人踪灭。

孤舟蓑笠翁，独钓寒江雪。

同样是雪，也同样是一个孤零零的人，但是这首诗说的是旅途艰难吗？显然不是。说的是这位渔翁家庭困难，要冒着大雪出来钓鱼吗？似乎也不像。

因为如果说的是旅途艰难，就不应该说"万径人踪灭"。哪怕是自己的脚印，也总得有一条吧？如果说的是这位渔翁家庭困难，就应该用一些字眼，让我们看出来。比如说他是"瘦翁"，或者说"忍饥冒寒"之类。

那么，柳宗元要在这首诗里说什么意思呢？我们仍然要知道，诗中所有的文字，都是为了画面的感情服务的。山上所有的鸟都不见了，没有了活物。路上所有的脚印都没有了，没有了活人。这是一个孤寂、安静的世界。这个世界里，没有一点亮色，没有一点声音——连犬吠都没有。连江都是"寒"的，是无声的，不是汨汨流淌的。

如果说《逢雪宿芙蓉山主人》里，刘长卿不喜欢漫漫旅途，不喜欢遥远的苍山、寒冷的气候，在柳宗元这里，对这片雪景反倒是认可的。他并不是希望这位钓鱼的老头儿快点回去，别挨冻了，而是觉得，只有眼前这个人，是天地间唯一的生命。只有他的钓丝，是天地间唯一活跃的物体。这就够了。就足以把他孤寂的心情体现出来了。

至于他为什么会有这种孤寂的心情，就见仁见智了。当然，也许是他想起了坎坷的经历，也许是他自以为别人不理解他的才华。但这些都不重要，因为不光柳宗元，包括我，包括你，总在有些时候，会有孤寂的、悄然独立的、万物都与我无关的心情的。这渔翁，不如说就是柳宗元自己，也是你、我每个人。

你可能会说，如果要体现这唯一的生命力，那把这生命力加强一点不行吗？比如，能不能说"翩翩少年郎，独钓寒江雪"呢？少年不比老头子更有生命力吗？

其实，恰恰是不行的，和"柴门"是一个道理：越要说那扇门破，越能显出这间避难所的可贵；越要说这个生命弱、老、摇摇欲坠，越能体现出茫茫天地间这唯一生命的珍贵。就像要展现和惊涛骇浪搏斗，一定是"一叶扁舟"而不是大轮船；要展现独战千军万马的大侠，一定是白衣飘飘而不是顶盔贯甲。

所以，柳宗元这首诗中所有的文字，仍然是为意境服务的。而这个独钓寒江的画面，正写出了作者的心绪。所以，今天很多人还喜欢用"独钓寒江"做网名，正是因为在他们内心深处，也拥有这种孤寂清冷的心绪。只不过他们不是诗人，柳宗元替他们写出来了而已。

读一读杜甫的《春望》，说一说这首诗营造了什么样的意境？

国破山河在，城春草木深。

感时花溅泪，恨别鸟惊心。

烽火连三月，家书抵万金。

白头搔更短，浑欲不胜簪。

什么是诗的物象？

诗的意境，一般是指带有诗人感情的画面，但是就像拍电影需要道具一样，诗词中的任何画面，都是由七七八八的"道具"组成的。我们经常说诗词离不了"风花雪月"。其实风、花、雪、月并不天生就属于文学，而是因为它们是最常见的自然物，所以很容易被诗人当成"道具"。时间一长，这些"道具"本身，也就具有了感情的寄托。一提到风、花、雪、月这样的自然现象，或者龙、凤、鹿、马这样的动物，或者剑、酒、杯、舟这样的人造物，自然让人生出某些联想，泛出某种感情。诗词有许许多多的素材，都可以当成"道具"，营造出不同的意境。这种道具，就叫"物象"。

单纯的"月"，并不是物象。比如我们随便看一句话：

月球是地球的卫星，直径大约是地球的四分之一，质量大约是地球的八十一分之一。月球与地球的平均距离约38.44万千米，大约是地球直径的30倍。

这就不是物象，而是对客观事物的科学描述，因为没有一丁点感情在里面。科学描述不但不寄托感情，反倒会刻意避免感情。因为感情一定是具体的、属于某个人的；而刚才这段话，讲述的是一个普遍的、规律性的原理。无论是在中国、美国、非洲，这段话都是没有任何问题的，并不因为中国人喜欢、美国人不喜欢就不成立。

那么，什么样的才算物象呢？我们先看几个简单的例子，张继《枫桥夜泊》：

月落乌啼霜满天，江枫渔火对愁眠。

这首诗说的是诗人在旅途中，没法进旅店休息，只能在船里睡觉，心情十分不好。这两句诗提到了"月"，是"月落"，给人一种失落、惆怅的感觉。"月落"说明夜已经很深了，一点光明也没有了，就加剧了作者的"对愁眠"。所以，这里的

"月"，能烘托作者的心情，就是一个很好的物象。同样是月，"春江潮水连海平，海上明月共潮生"给人的感觉是希望；"月上柳梢头，人约黄昏后"给人的感觉是亲密。

这两句诗还提到了"乌"，就是乌鸦。乌鸦也是一个非常典型的物象。因为乌鸦的叫声很不好听，"嘎——嘎——嘎——"，如果听到了乌鸦叫，人们会心绪不宁。所以乌鸦一出来，就把忧愁的心情表达出来了。

所以，"月落"和"乌啼"，都不是随便写的，而是带着物象本身的感情的。

我们还可以让物象复杂一点，比如"月"和"水"，算两件道具，我们可以让它们互相发生作用。月可以照水，水可以映月，这样，"道具"的属性就多了起来。在不同人的笔下，会制造出不同的意境，传达不同的感情。

　　比如下面这两句：

　　　　峨眉山月半轮秋，影入平羌江水流。

　　这是李白的《峨眉山月歌》，是非常明确的物象。因为这月亮是峨眉山的月亮，不是大兴安岭的月亮；是平羌江的水面，不是黑龙江的水面。这两句是有感情的，因为峨眉山、平羌江，都是李白家乡的大山大河；这么写，体现了他的思乡之情。如果说"兴安岭月半轮秋，影入黑龙江水流"，这就不是李白，而可能是一个黑龙江人。

　　其实这些"道具"，也不一定非得写进诗里才是物象。比如语文教材中有一篇季羡林的《月是故乡明》：

　　　　我走到坑边，抬头看到晴空一轮明月，清光四溢，与水里的那个月亮相映成趣。我当时虽然还不懂什么叫诗兴，但也顾而乐之，心中油然有什么东西在萌动。有时候在坑边玩很久，才回家睡觉。在梦中见到两个月亮叠在一起。清光更加晶莹澄澈。

季羡林先生这段话里的"月"，就是物象。虽然他说小时候不懂得什么叫诗兴，但这段话明显是有诗意的。这段话寄托了他的思乡之情。

为什么月亮容易让人引起思乡之情呢？因为天上只有一个月亮，普照天下，处处都能看到。地上又到处都有水，所以看到当地的水月，自然会想到家乡的水月。这是水与月的空间属性。如果季羡林在北京看到卤煮火烧，一定不会想到山东老家，因为他老家没这玩意儿——要是看到煎饼还差不多。

水中的明月，只能是"思乡"主题的物象吗？当然不是啊，比如王昌龄《送李十五》：

怨别秦楚深，江中秋云起。
天长杳无隔，月影在寒水。

这首诗用了月亮的第二个属性：温度。"月影在寒水"，这个画面，是凄清的、寒冷的。诗人和李邕告别，心情也是凄清寒冷的。

刚才说的两首诗，都是偏惆怅、忧伤的心情。那么，水中的月亮，是不是只能体现这种心情呢？当然不是。比如岑参《敷水歌送窦渐入京》：

春去秋来不相待，水中月色长不改。

岑参这个人的性格，就是好奇的、热情的。所以他送人，虽然也写到月映水面，反倒开发了这个"道具"的另一个特点。他发现，月亮千古不变，所以水里的月色，也是千百年不变的啊！

于是，"水中月色长不改"，是说他和窦渐的友情天长地久，不会改变。他开发出来的"道具"属性，不是月光的普照，也不是月色的清冷，而是月色的永恒。他在空间、温度之外，又开发出一个属性，就是"时间"。

那么，是不是月映水面只能表现思乡和离别呢？当然不是。例如方干《赠乾素上人》：

水中明月无踪迹，风里浮云可计程。

水里的明月，不是一个稳固的东西，轻轻一晃，就散开

117

了。乾素上人是一位高僧，佛学认为，世间万物都不是永恒不变的，好像易逝的镜中花、易散的水中月一样。所以方干说这位高僧"水中明月无踪迹"，自然是称赞他已经参悟了佛法，不再受世间红尘的牵累了。

所以，这又是诗人们把"水中明月"这个"道具"开发出来的第四个属性：材质。

水和月，只是道具而已，但是，它们的空间、时间、温度、材质，都有明确的特点，所以诗人们随便用一个属性，就能写出不同的意境。能够敏锐地抓住这些属性，以及开发出新的属性，就是诗人的本事，就是所谓的"诗心"或"诗才"。

上面说的都是一两句诗里用的物象，明白了这个道理之后，我们就可以来看看整首诗是怎么使用物象的了。

有网友感慨说："小时候背的诗词，就像看不懂的画面，存在心里。等到某天你看到似曾相识的美丽景色时，'落霞与孤鹜齐飞，秋水共长天一色'这样的句子会脱口而出。那种感觉，是穿越千年的心意相通，它是如此恰当，以至于无法用其他的词语形容。"

这段话是很有道理的。"落霞""孤鹜""秋水""长天"，都是寄托了人类感情的物象，但人们表述这种感情的词，却十分贫乏，只能感叹："哇，真美！"

当然，也可以勉强对付：比如，当你看到高飞的鸟儿时，会说："哇，一种飘逸的美！"当你看到浩荡的江河时，会说："哇，一种雄伟的美！"当你看到一座华丽的建筑时，会说："哇，一种高贵的美！"当你看到空中的云朵时，会说："哇，一种辽远的美！"

好像也都能应付过来。但是，假如有人同时把高飞的鸟儿、浩荡的江河、华丽的建筑、空中的云朵同时堆在你眼前，你来讲讲，这是一种什么美呢？

我们来看看崔颢的《黄鹤楼》：

> 昔人已乘黄鹤去，此地空余黄鹤楼。
>
> 黄鹤一去不复返，白云千载空悠悠。
>
> 晴川历历汉阳树，芳草萋萋鹦鹉洲。
>
> 日暮乡关何处是？烟波江上使人愁。

这里面有高飞的鸟儿——黄鹤，有浩荡的江河——长江，有华丽的建筑——黄鹤楼，有空中的云朵——白云。你说说，这是一种什么美呢？很难形容，但诗人想要说的，都已经放在诗句里了。大致说来，就是感慨黄鹤已去，看到了晴川芳草，生起思乡之情。古代传说的神秘，抚今追昔的苍凉，万里长江的雄浑，都在这首诗里了。

还是高飞的鸟儿、浩荡的江河、华丽的建筑、空中的云朵，咱们一样都不变，是不是只能制造出《黄鹤楼》这一种感情呢？不是的。请看李白的《登金陵凤凰台》：

> 凤凰台上凤凰游，凤去台空江自流。
>
> 吴宫花草埋幽径，晋代衣冠成古丘。
>
> 三山半落青天外，一水中分白鹭洲。
>
> 总为浮云能蔽日，长安不见使人愁。

有鸟——凤凰，有江河——长江，有建筑——凤凰台、吴宫，有云朵——浮云蔽日。但是，这首诗的感觉，和崔颢的《黄鹤楼》完全不一样。他虽然也写了思古幽情、江山壮观，感叹的却是"浮云蔽日"，也就是他政治上不得志，对小人蒙蔽君王、把持朝政发出的感叹。

我们再来看一首。许浑的《咸阳城东楼》：

> 一上高城万里愁，蒹葭杨柳似汀洲。
>
> 溪云初起日沉阁，山雨欲来风满楼。
>
> 鸟下绿芜秦苑夕，蝉鸣黄叶汉宫秋。

行人莫问当年事，故国东来渭水流。

没错，依然有鸟——鸟下绿芜，依然有江河——渭水流，依然有建筑——城楼、秦苑、汉宫，依然有云朵——溪云初起，一样都没换。可是，你仔细品一品，这首诗给人的感觉，和刚才两首又完全不一样。

这首诗约写于唐宣宗大中三年（849年），这时候，大唐王朝已经是风雨飘摇，再也无法振作了。所以作者说"溪云初起日沉阁，山雨欲来风满楼"，分明是说危机重重，天下要大乱了。秦苑汉宫，都已经荒芜，世态迁移，如渭水东流，谁也无法挽回了。

其实，同样是鸟，凤凰、黄鹤和普通的飞鸟，因为种类不同，所以是不同的物象，寄托了不同的感情。同样是建筑，黄鹤楼、咸阳城楼、凤凰台，地理位置不同，也寄托了不同的感情。同样是云，白云、浮云、溪云，它们的质感、动态，容易联想的情感，也是完全不一样的。

所以，诗人正像导演一样，利用这些丰富的物象"道具"，为我们拍出了流传千古的"大片"；你如果有自己的感受，对这些"道具"的属性又熟悉，一样能拍出你自己的"大片"来的。

思考一下，"水中月"除了文中讲的四个属性，还有其他属性吗？读一读明郭谏臣的《千墩晓发》，你能想到吗？

残酒初醒后，江天欲曙时。

鸡声催棹发，月影逐帆移。

湖海牵游兴，家园入梦思。

芙蓉花正好，似与主人期。

诗的炼字

有人认为写诗就得激情澎湃，冲口而出，否则就不能叫诗人，这是一个很大的误解。诗人写诗，往往是搜肠刮肚，写了又改，改了又写，和你写作文也没什么区别。尤其是诗里关键的字，总是要反复斟酌，就叫"炼字"。

诗人"炼字"，有一个著名的故事，就是贾岛的"推敲"。

贾岛初次在京城里参加科举考试。有一次，他骑着驴在街上走，忽然想到了一句诗："鸟宿池边树，僧敲月下门。"他想把"敲"换成"推"字，又觉得"敲"字不错，反复思考，定不下来，就在驴背上吟诵，还用手不停做着推和敲的动作。旁边的人十分奇怪，不知道他在干什么。

这时候，正赶上当时的大文豪韩愈坐着车马出巡，仪仗队前呼后拥。贾岛不知不觉，骑着驴闯到韩愈的仪仗队里去了。

左右的侍从就把他拉下驴来，带到韩愈面前。韩愈问他在干什么，贾岛向韩愈谢罪，说他在作诗，有一个字还没确定。韩愈停下车马思考了一会儿，对贾岛说："用'敲'字好。"

这件偶然的事，让韩愈认识了贾岛的才华。韩愈就请贾岛到他家里住了几天，一同讨论作诗的方法，并和贾岛成了好朋友。

至于韩愈为什么说"敲"字好，历朝历代都有人分析。当然也有人说"推"比"敲"好，而且一二三地列出了理由。事实上，哪个字好这件事已经不重要了。重要的是，我们看到了诗人创作的过程，他们对每一个细节都是精心打磨的。

即使是杜甫这样的大诗人，写诗也是要改来改去的。杜甫有两句诗"桃花细逐杨花落，黄鸟时兼白鸟飞"。宋朝有人收藏了杜甫这两句诗的草稿，原文是"桃花欲共杨花语"，用淡墨改了三个字，就成了今天流传的文本了。

现在看，"细逐"比"欲共"要形象生动。所以杜甫有句诗说"新诗改罢自长吟"，又说"为人性僻耽佳句，语不惊人死不休"，都是说他作诗勤奋的。欧阳修写文章也是如此，他写一篇诗文出来，会把草稿贴在墙上，时不时地改几个字。改到最后，有时候改得原稿一个字都不剩。

炼字并不限于自己"炼"，诗人们还不时凑到一起集体"炼"。

唐末有个叫王贞白的诗人，写了一首《御沟》诗（御沟就是流经皇宫的河道），其中有两句说：

此波涵帝泽，无处濯尘缨。

意思是说，这条沟里的波浪饱含着皇帝的恩泽，隐士们就没有地方濯缨了（都被朝廷录用，可以展现才华了。"濯缨"出自《孟子》，原意是洗帽子上的带子，比喻超脱世俗，操守

高洁）。

写完他觉得很好，就把诗给当时另外一位著名诗人贯休看。贯休说："别的都行，就有一个字不好。"王贞白很不高兴，拍拍袖子就走了。贯休说："他聪明得很，过一会儿肯定回来。"于是就在手上写了一个字等着他。

过了一会儿，王贞白果然回来了，说："我想了想，'此波涵帝泽'的'波'字不好，我要改成'此中涵帝泽'。"贯休把手一伸，说："你来看。"王贞白一看，原来他手上竟然也写着一个"中"字！

这个故事说明了两个问题。

第一，即便名诗人，也有用字不确切的时候。为什么不用"波"而用"中"呢？因为御沟是经过皇宫的河道，相当于天安门前的金水河，并不是大江大河，谈不上有什么"波"；而且，"波"是水表面的浮动，不是瓶罐、池塘这种有容积的东西，很难说它能够"涵"什么东西。用"水"勉强可以，但又是个仄声字。还不如直接用个"中"字，既能"涵"，又和下联的"处"对仗。

第二，为一句诗选一个最好的字，可选的范围其实是很有限的。所以经常出现"英雄所见略同"的情况。

学习写诗，有一篇非常好的入门教材，就是《红楼梦》第四十八回到四十九回香菱向林黛玉学诗的故事。中学课本还选了这篇，起个名字叫"香菱学诗"。其中有一段，是香菱看了一些诗后，向林黛玉汇报学习成绩。

　　香菱笑道："据我看来，诗的好处，有口里说不出来的意思，想去却是逼真的；又似乎无理的，想去竟是有理有情的。"黛玉笑道："这话有了些意思！但不知你从何处见得？"香菱笑道："我看他《塞上》一首，内一联云：'大漠孤烟直，长河落日圆。'想来烟如何直？日自然是圆的。这'直'字似无理，'圆'字似太俗。合上书一想，倒像是见了这景的。要说再找两个字换这两个，竟再找不出两个字来。再还有'日落江湖白，潮来天地青'，这'白''青'两个字，也似无理，想来必得这两个字才形容的尽，念在嘴里，倒像有几千斤重的一个橄榄似的。还有'渡头馀落日，墟里上孤烟'，这'馀'字合'上'字，难为他怎么想来！我们那年上京来，那日下晚便挽住船，岸上又没有人，只有几棵树。远远的几家人家作晚饭，那个烟竟是青碧连云。谁知我昨儿晚上看了这两句，倒像我又到了那个地方去了。"

　　黛玉笑道："你说他这'上孤烟'好，你还不知他这一句还是套了前人的来。我给你这一句瞧瞧，更比这个淡而现成。"说着，便把陶渊明的"暧暧远人村，依依墟里烟"翻了出来，递给香菱。香菱瞧了，点头叹赏，笑道："原来'上'字是从'依依'两个字上化出来的。"宝玉大笑道："你已得了。不用再讲，要再讲，倒学离了。你就做起来了，必是好的。"

香菱和林黛玉讨论的这些内容，就是"炼字"。一联诗好不好，往往体现在一两个字上，这些字就叫"诗眼"，就像人的眼睛一样。人有精神，关键在两只眼睛。如果把眼睛闭上了，或者眯缝了，就没有神了。

诗眼一般来说，以动词、形容词居多。因为诗里的名词是不容易换的，因为漠就是漠，河就是河，村就是村，烟就是烟，再没有别的词可以替代，比如"烟"换成"雾"，意思就不对了。但动词、形容词就不一样了，可以千变万化，组成各种搭配。初学者喜欢在诗里使用各种稀奇古怪的名词，但老练的写手，会注重动词和形容词。

王安石有一个著名的炼字故事：他写了一首诗，有一句是"春风又绿江南岸"。有人见过原稿，一开始写成"春风又到江南岸"，王安石把"到"圈去，批注"不好"；又改成"过"

字，又圈掉，又改成"入""满"等十几个字，最终才定为"绿"字。

这个故事我不用多讲。我想说的是：这些改字，基本都围绕着动词（或形容词）。因为"春风""江南"都是固定的。不能说成"秋风""江西"，但"春风"给"江南"带来了怎样的变化，体现了诗人的才华和匠心。"绿"这个字，就是这句诗的诗眼。

除了动词之外，形容词也是千变万化的，所以经常成为诗眼。刚才香菱说的这两句，"大漠孤烟直，长河落日圆"，"直"和"圆"就是诗眼。

香菱的意思是说：我很少见过有直的烟（因为经常有风），所以说"孤烟直"，似乎就毫无道理；而太阳肯定是圆的，这不是废话吗？所以这两句太俗。

但是实际上你想一想，你平时不会注意到太阳的形状。因为它总是和云朵、树林、建筑等混在一起，发出夺目的光芒。但是大漠上的落日就不一样了，这里什么都没有，只有一望无际的地平线，和一轮孤零零的即将下坠的红日。这时候，落日的圆形属性，反倒是最突出的特点了。所以清末学者沈其光说：

大漠、长河之地，大都莽莽苍苍，四无隐蔽，所以见其直、见其圆。

　　而且，这两句还传递了一种非常孤寂甚至静谧的情感。你发现没有，王维的五律名篇，"竹喧归浣女，莲动下渔舟""明月松间照，清泉石上流""泉声咽危石，日色冷青松"……都是一句说声音，一句说形状或色彩，充分调动视觉和听觉。但这两句是完全没有声音的，是一幅无声的照片。甚至，也是没有色彩的。更甚至，还是没有千奇百怪形状的。

　　因为这幅画面里的形状，简单到不能再简单了："大漠孤烟直"，说的是平面上的一条垂线；"长河落日圆"，说的是横线上的一个圆。直线和圆，是两个最基本的几何形状。诗人说"大"漠，不说"荒"漠，说"孤"烟，不说青"烟"，因为大、孤、长、落四个形容词，全都是描述空间或空间的相对位置的，没有带来任何颜色、声音、触觉的各种丰富感受，什么冷青松、明月照、竹喧、莲动……杂七乱八的全不要。关闭一切声音，抹掉一切形色，简单到像是两个数学模型，这才传达出一种孤寂的情感。

　　有人跟我说，他经常把"长河落日圆"背成"黄河落日圆"，如果理解了诗的意思，就不会背错了。王维绝不会在这里用一个表颜色的字——躲还躲不及呢。

王维最擅长用这种"无理"和"太俗"的诗眼，比如他还有一首诗《酬虞部苏员外过蓝田别业不见留之作》：

> 贫居依谷口，乔木带荒村。
>
> 石路枉回驾，山家谁候门。
>
> 渔舟胶冻浦，猎火烧寒原。
>
> 唯有白云外，疏钟闻夜猿。

很明显，这首诗最好的两句，就是"渔舟胶冻浦，猎火烧寒原"。

这联诗的"诗眼"在哪里呢？就是"胶"和"烧"。

"胶""烧"的用法，和"直""圆"很像。"胶"好像是毫无道理的，渔舟又不是停在胶水里，怎么能叫"胶"呢？"烧"又好像太俗，表示烧的文雅的字不是有很多吗？焚、燔、燎……为什么偏用最没特色的"烧"？

但是，细想就会知道，这时候是冬天，河水结冰了，停在水边的船一动都不能动，就像被胶水粘在那里一样。如果这里空出一个字，"渔舟（　）冻浦"，我们填什么好呢？停？静？止？靠？还真只有"胶"字最生动。

　　"猎火烧寒原"也是一样，"烧"这个字，正因为最质朴，所以也最应该用在这种广阔、自然的画面里。王维还有一首诗，是写一座寺院的壁画的：

　　　　羽人飞奏乐，天女跪焚香。

　　"焚香"就不能说"烧香"，因为这种雅致的地方，用一个"烧"就显得太粗暴了。

　　杜甫有两句诗，说他从皇宫下班回来：

　　　　避人焚谏草，骑马欲鸡栖。

　　谏草，是给皇帝进谏的草稿。上面肯定涉及很多国家机密，是不能随便泄露的，不用了就得在没人的地方烧掉。对于这种机密文件，也应该用比较文雅的"焚"，而不能用"烧"。

　　但是，同样是烧几张纸，有时候又得用"烧"。你得看这纸是干什么用的。宋代文天祥有两句诗：

　　　　家庙荒苔滑，谁人烧纸钱。

老百姓在庙里给神烧纸钱，和官员烧掉机密文件完全不同。烧纸钱是一种很大众化的民俗，今天还能见到。如果用"焚"，反而显得不合适了。

你可能会说，刚才王维说的烧香，不也是一种民俗吗？但香比纸钱毕竟要贵一些，所以一般说"焚香"和"烧纸钱"。而且那个烧香的，是壁画上的"天女"，是神仙。人家仙女当然和咱们老百姓是不一样的，高雅脱俗许多。

而且，"烧"还有一个意思，是放火烧野草，野草的灰可以做农田的肥料（这个意义上念 shào）。"烧寒原"自然也隐隐地用了这个意思，所以这个地方用"烧"，就更砸实了。

其实，王维这句诗也并不是完全原创，因为南北朝大诗人庾信的《拟咏怀》其十二，就有一句：

流星夕照境，烽火夜烧原。

"猎火烧寒原"显然是参考了"烽火夜烧原"，是从中"化"出来的。

所以，林黛玉说王维"墟里上孤烟"是从陶渊明的"依依墟里烟"化出来的，并不是没有根据。唐代大诗人，都会非常用心地学习南北朝时期前辈诗人的作品，很多句法、用字、意境，直接搬过来用，并不算抄袭。

而且，正因为有了前辈诗人炼字的积累，唐代诗歌才到达了登峰造极的地步。并不是说唐代人都聪明，而是说他们对前代的文学，尤其是离他们比较近的魏晋南北朝文学，很好地继承了下来。可以说，没有魏晋南北朝诗人的千锤百炼，就没有空前绝后的唐诗。

1. 你认为"僧敲月下门"好，还是"僧推月下门"好？请说明理由。

2. "大漠孤烟直，长河落日圆"，这联诗如果不用"直"和"圆"，请问还有哪两个字可以替换（不必考虑押韵）？

诗词为什么讲究用典？

典故，就是诗文等作品中引用的古代故事和有来历出处的词语。在诗词中，免不了使用典故，就叫"用典"。

要说典故，你可能觉得陌生。但是一说成语，你可能立即熟悉起来。其实，成语就是用得比较普遍、形式比较固定的典故。比如：

不耻下问　不亦乐乎　天长地久

卧薪尝胆　自相矛盾　刮骨疗毒

上一行，都是出自古典名著的名言。"不耻下问"，是孔子称赞卫国大夫孔文子的，说他向地位不如自己的人请教，并不觉得羞耻。"不亦乐乎"，出自《论语》："有朋自远方来，不亦乐乎？"这句话流传得太广，所以"不亦乐乎"就成了一句成语。"天长地久"出自《老子》，他原意讲的是自然之道，但《老子》非常有名，这四个字也渐渐变成了成语。

下一行，都是出自著名的历史故事。"卧薪尝胆"是越王勾践睡柴火、舔苦胆，决心向吴国复仇的故事。"自相矛盾"，是《韩非子》的一个寓言故事。"刮骨疗毒"故事是说，三国大将关羽受了箭伤，华佗给他治伤，用刀子割开皮肉，刮去骨头上的箭毒，关羽毫不畏惧，喝酒吃肉，神色自如。

这种流传很广的名言警句，就叫"语典"；这种从历史事件、神话寓言、民间传说中概括出来的，就叫"事典"。诗词里的典故，比成语的范围要广得多，而且也用得很活，不像成语那样用法固定。比如王维的《燕支行》说一位将军：

报仇只是闻尝胆，饮酒不曾妨刮骨。

就把"卧薪尝胆"和"刮骨疗毒"两个成语中包含的典故都用上了。而且，只要一说"尝胆"，大家就知道是越王勾践卧薪尝胆的故事；一说"刮骨"，大家就知道是关羽刮骨疗毒的故事。不需要把"卧薪尝胆""刮骨疗毒"四个字全说出来，有点像今天所谓的关键字。

在诗词中用典，就像在作文里用成语。作文在合适的地方用几个成语，显得更有文采；表达一个意思，语言也更精练、形象。比如"刻苦自励，奋发图强，不忘报仇雪耻"，就不如"卧薪尝胆"四个字精练。说一位将军"勇敢坚强，不怕疼痛"，就不如"刮骨疗毒"形象。诗词里惜字如金，不能处处讲大白话，一个典故就像一个压缩包，把特定的意思打包封装了。用的时候，往诗词里一插就行了。熟悉诗词的读者看到这里，自然会在脑子里解压缩。

中小学的诗词里，用典的虽然不多，但也不是没有。例如你小学学过的李白的《古朗月行》：

小时不识月，呼作白玉盘。

又疑瑶台镜，飞在青云端。

仙人垂两足，桂树何团团。

白兔捣药成，问言与谁餐。

这首诗虽然不长，却一连用了四个典故：瑶台、仙人、桂树、白兔捣药。

瑶台原指用美玉装饰的楼台，凡间的帝王贵族也可以建造。但这里的"瑶台"，显然是指仙境。因为晋代学者王嘉在《拾遗记》里说：

> （昆仑山）第九层山形渐小狭，下有芝田蕙圃，皆数百顷，群仙种耨焉。旁有瑶台十二，各广千步，皆五色玉为台基。

意思是说，昆仑山的第九层比较窄小，这一层底下有出产灵芝和香蕙的园子。许多仙人负责在园子里种植这些仙草。园子旁边，有十二座瑶台，边长都是一千步，台基是五色玉石砌成的。

《拾遗记》是一部专门收录古代神话的书（当然里面有许多是王嘉自己编的），流传很广。李白自然是看过的。

为什么一定要把明月比成瑶台的镜子呢？换句话说，镜子为什么一定要属于瑶台呢？其他有名的台，比如幽州台、凤凰台，为什么就不行呢？因为这里面还有一个暗含的典故，《山海经·海内西经》说：

> 西王母梯几而戴胜。其南有三青鸟，为西王母取食。在昆仑虚北。

意思是说，西王母住在昆仑山的北面（"虚"是巨大的山丘的意思），头戴玉胜（一种装饰品），倚靠在一张小几案上，她有三只青鸟，为她觅食。

西王母的故事，在汉代之后几乎家喻户晓。人们认为西王母是昆仑山的主人，她又统领着无数女仙。这些美丽的女仙总要用镜子吧？这仙界的镜子，该像明月一样吧？

也就是说，"瑶台"和"镜子"扯上关系，是因为西王母的这个典故。

"仙人垂两足，桂树何团团"，来自另一个神话传说。西晋学者虞喜有一篇讲天文学的《安天论》：

> 俗传月中仙人桂树，今视其初生，见仙人之足，渐已成形，桂树后生焉。

他说的"俗传"，就是流传在民间的神话传说。这个说法认为，月亮里有仙人，有桂花树。每月从初一到十五，先是见到仙人的脚慢慢出现，到了满月，桂树也就全露出来了。

现在我们知道，月亮上根本没有仙人和桂树。月面上分布着高地和低洼的平原（即月海），所谓仙人垂下的"两足"，其实是酒海和丰富海两个月海。而桂花树则是左侧一大片雨海、风暴洋、气海、云海等连成一片的大型月海，大致像个蘑菇。上面比较大，像树冠，所以说"何团团"；下面比较窄，像树干。至于玉兔捣药，更是家喻户晓的神话。

所以，这首诗里其实用了许多典故。但你因为熟悉，所以不觉得。但是如果深究起来，这些典故都非常久远，而且环环相扣。诗人用了这些典故，你读诗的时候会想到这些神话传说，你心中的"明月"就更加美丽了。

来自神话传说的瑶台、桂树，都算"事典"。在诗词中用

"语典"的高手是杜甫。比如《丹青引》，是他写给一位叫曹霸的画家的诗：

> 丹青不知老将至，富贵于我如浮云。

这两句的意思是说：曹霸沉浸在绘画艺术中，根本没有察觉衰老的到来；荣华富贵对于他来讲，就像空中的浮云一样。

你读着语意很明白，但这两句连着用了两个语典，而且全出自《论语》：

> 叶公问孔子于子路，子路不对。子曰："女奚不曰：其为人也，发愤忘食，乐以忘忧，不知老之将至云尔。"

不义而富且贵，于我如浮云。

"不知老之将至"，是孔子形容自己沉浸在知识和自身修养里，不知道衰老的到来。下一句是说：用不正当的手段获得的荣华富贵，对孔子来说只是像浮云一样，毫无意义。

如果这两句赞语，杜甫用自己的话讲出来，就显得不够分量；而这样不动声色地用孔圣人的两句话称赞曹霸，就显得特别带感了。

今天的歌词，同样在使用典故。比如有一首著名的歌曲《送别》，是民国时期李叔同根据一首外国乐曲填的词：

> 长亭外，古道边，芳草碧连天。晚风拂柳笛声残，夕阳山外山。
>
> 天之涯，地之角，知交半零落。一壶浊酒尽余欢，今宵别梦寒。

这首歌，从民国传唱至今。你可能觉得这首歌很美，尤其是歌词很美。因为歌词是按照传统诗词的方式填写的，比如"夕阳山外山"，就是一个著名的"语典"。

南宋有位著名诗人戴复古，他有一次写诗，想出两个下联："今古一凭栏""夕阳山外山"。据他自己说：他觉得这两句很好，但是想不出可以搭配的上联。另外两个朋友（赵以夫和刘镇）各为他想了一句上联，就成了一首五律的中间两联：

> 利名双转毂，今古一凭栏。
> 浮世梦中梦，夕阳山外山。

"利名双转毂"意思是说，名和利，就像人生这辆大车的两个车轮，不停地转动着（"毂"是车轮的中心部分）。但是，戴复古还是不太满意，因为"浮世梦中梦"和"利名双转毂"意思差不多，所以一直没有把诗写完。

后来他又把这几句给另外一个朋友范鸣道看。范鸣道给"夕阳山外山"对了一句"春水渡旁渡"。戴复古开始也没觉得多好，后来有一天，他到了溧水县（在今江苏南京），雨水把路淹没了，去哪里都得坐渡船，一眼望过去，停船的渡口一渡又一渡，在水面上连绵不断。而正好夕阳西下，一层层的山岭在夕阳下格外分明。这不就是那两句诗里的景色吗？于是他总算把这首诗写全了：

> 世事真如梦，人生不肯闲。
> 利名双转毂，今古一凭栏。
> 春水渡旁渡，夕阳山外山。
> 吟边思小范①，共把此诗看。

这首诗的名字叫《世事》，虽然是戴复古的代表作，知道的人却不太多。而"夕阳山外山"这句话，被很多人引用过，就成了一句名言。民国时，被李叔同当成语典，放在《送别》

———————
① 指范鸣道。

里，把它更加发扬光大了。

又比如周杰伦的《菊花台》中的"愁莫渡江，秋心拆两半"，也是一个语典。宋代史达祖《恋绣衾》说："愁便是，秋心也。"南宋吴文英《唐多令》有："何处合成愁？离人心上秋。"都是说"愁"字是由"秋"和"心"两个字组成的。

今天的领导人在接见外宾、发表演讲时，也经常使用典故。好的典故，能够恰如其分地表达意思，强化效果。所以，你一听到典故，一定不要以为，这是已经过时的东西。典故是一笔巨大的财富，一直活在我们的语言里。

古代为了方便文人写诗作文，编了很多典故书，这种书统称为"类书"，因为里面的内容是按类编排的，一般的顺序是天、地、人、事、物。比如清代一部大类书《渊鉴类函》，在兽类的"虎"部，收录了几乎所有古书里关于老虎的典故。它并不是为了研究老虎，而是要收全关于老虎的各种材料，文人写诗作文的时候好方便查找。有些典故的关键字，还很对仗，比如：

　　射石　　啸风

"射石"，说的是汉代李广把石头当成老虎来射的故事。"啸风"，说的是古人认为老虎吼叫起来就会刮起大风。写诗作文的时候查一查，抄一抄，比如只要一提"射石"，大家就知道你在说李广射石头的典故了。

善用典故，是古代文人的基本技能。但是典故得用得巧妙自然，不是为了用而用。有些文人，为了显得自己有学问，就喜欢在诗里乱用典故。尤其是宋代印刷术发达了之后，人手一册类书，查起来很方便，就像今天可以随意百度搜索一样。结果一首诗写得像知识小百科一样，虽然内容丰富，诗味却没了。黄庭坚、辛弃疾、陆游，虽然都是大诗人，但也有这样的毛病。当时人称之为"掉书袋"。

大诗人都不免掉书袋，小文人就更是乱用了。比如宋代江南一带，俗称梅子为"曹公"，因为曹操曾经有一个"望梅止渴"的故事。又俗称鹅为"右军"，因为东晋大书法家王羲之最喜欢鹅。有个读书人，送人一坛子醋泡梅子和两只焊（xún，用热水烫过）鹅，在信里说："醋浸曹公一瓮，汤焊右军两只，聊备一馔（食物、菜肴）。"这简直就是笑话了。

指出下列古诗中都用了什么典故？

1. 蓬山此去无多路，青鸟殷勤为探看。（《无题》唐·李商隐）

2. 为报倾城随太守，亲射虎，看孙郎。（《江城子·密州出猎》宋·苏轼）

写诗为什么要从练习对仗开始？

从这一章开始，我们打算学一学怎样写诗。

写诗其实不难，如果不作任何要求，只要押韵就行，那么很多校园儿歌就算诗了。前面说的"揉面，剁馅，剥蒜，吃饭"也算诗。但是我们讲的，是如何作一首有模有样的旧体诗。

学作旧体诗是有步骤的。接下来的三章，我准备聊一聊旧体诗词写作中最难的三大关：对仗、音韵、格律。这三关闯过之后，写旧体诗词就不成问题了。但是很多人因为嫌枯燥，一直不肯在这三关上下功夫，所以一直在门外徘徊。其实如果用心学一学的话，也只要一两天工夫就够了。这是每个学诗词的人必须闯的三道关，没有捷径可走。

为什么第一关是对仗呢？因为学诗应该从近体诗入手，

而近体诗第一个要求，就是要会写对仗的句子。

既然叫对仗，就一定是两句。上句叫"出句"，下句叫"对句"。上句和下句的词性、平仄、意思，都要两两相对。例如：

叶

花

这就是一个最简单的对仗。因为"叶""花"同属于植物，而且还是植物上不同的部件，字面意思是对仗的。

而且，上下句的平仄，应该是相反的。阴平、阳平（就是通常说的一声、二声）叫平声；上声、去声（就是通常说的三声、四声）和入声（普通话没有，下一章会讲到）叫仄声。"叶"是仄声（四声），"花"是平声（一声），平仄相反，这就是一副合格的对子。

现在我们举一个两字对仗的例子：

三秋

二月

"三""二"都是数字。"秋""月"既都属于自然现象，在

这里又都表示时间。当然，"四月""五月""六月""八日""九夏"……都是可以的。那么"千年"可以对"三秋"吗？不可以，因为虽然"千""三"都是数字，"年""秋"都是时间，但是"千年"两个字都是平声，不能和出句的两个平声相对。

现在再加两个字，这就变成了你熟悉的两句诗了（两句对仗的诗，可以叫"一联诗"）：

解落三秋叶

能开二月花

"解""能"都表示意愿。"落""开"都是动作。"三秋叶""二月花"也对得相当工整。那么，"六月花"行不行呢？逻辑上，词性、平仄都没有问题，是可以的，但是六月是夏天，就没有三秋（深秋）和二月（初春）对得工稳，整句的意思就不对了。

你可以用笔标一下，这两句的声调是：

仄仄平平仄

平平仄仄平

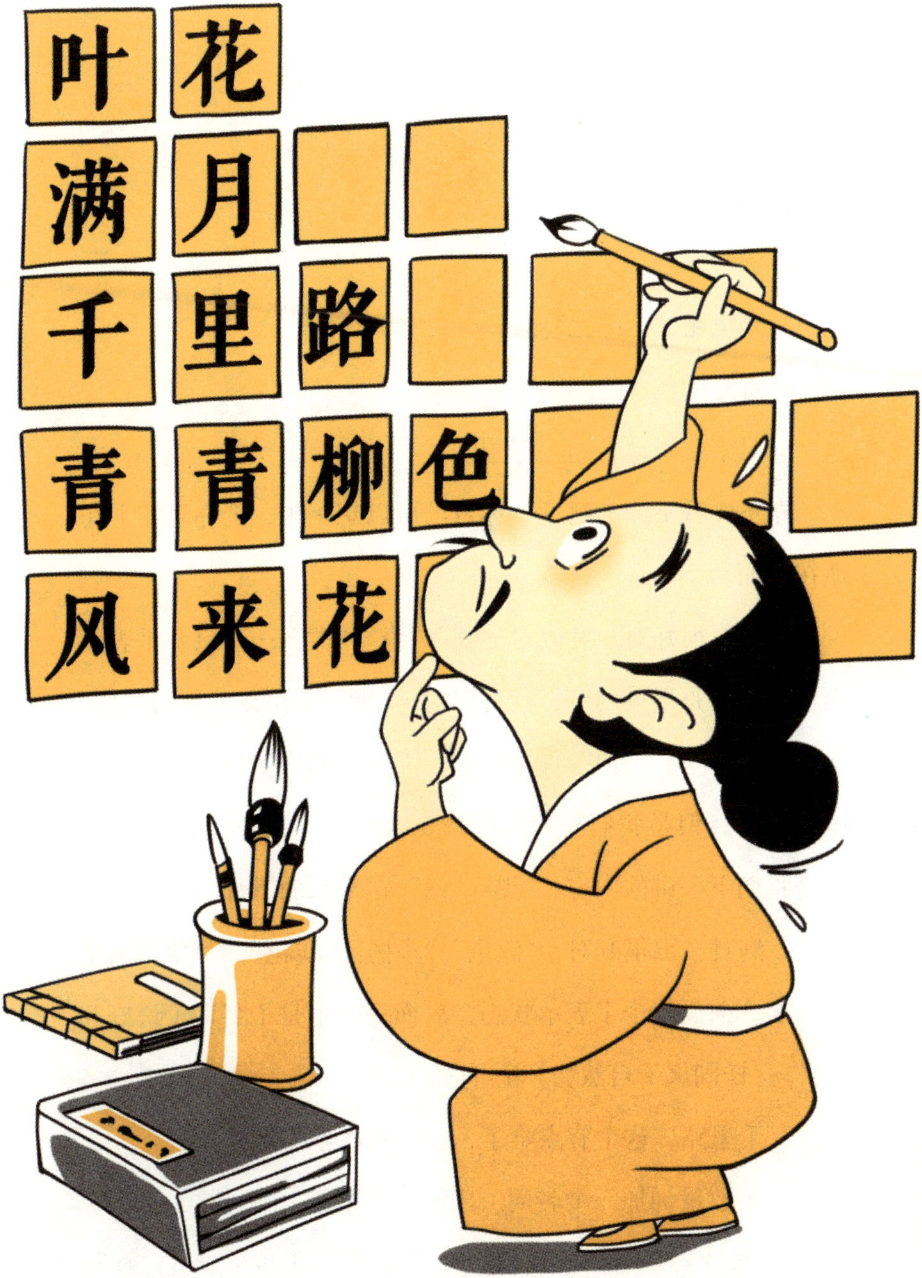

叶花
满月
千里路
青青柳色
风来花

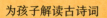
是完全相反的。这就是一联工稳的对子。

熟悉了基本规则，我们就可以做几道题了。

1. 绿，□。

2. 满月，□□。

3. 千里路，□□□。

4. 青青柳色，□□□□。

5. 风来花影动，□□□□□。

先不要看下面的解读，你自己可以想一想，把你对的下句填在后面。

1. 绿，很好对，可以对"红""青""黄"……只要是表示颜色的、且是平声的字，就可以对。"紫"不可以，因为"紫"是仄声字。"黑""白"也不可以，因为这两个字虽然在普通话里读平声，但是我们写旧体诗，要以旧韵即"平水韵"为准，这是我们下一讲的内容。"黑""白"在平水韵里都是入声字。

2. 满月，也很好对，"流星""垂杨""残花"，只要是两个平声字，前面一个字表示状态，后面一个字是个名词（最好和"月"一样同属于自然物）就可以。

3. 千里路，这个有点难了，要求在考虑平仄的情况下，下联是一个数量词加一个名词。比如"九重天""万重山""五更钟""六钧弓"……都可以。那么，你妈妈昨天买了"五斤虾"，这个可以吗？其实形式上是可以的。但是"五斤虾"实在谈不上什么美感，就是个不好的对句。

那么，用之前的"二月花"来对行不行呢？不行，因为"里"和"月"都是仄声。

4.青青柳色，别小看这四个字，达到了语言的极限，因为严格说来，"青青"这两个字所要求的下联，要满足三个条件：

（1）仄声字。（2）表示颜色的字。（3）叠字。

但是，巧得很，表示颜色的字平声字多，红、黄、蓝、青、丹、朱、金、银一大堆，而且都集中在常见颜色上。仄声字少，叠字就更没几个可用的了。什么"翠翠""碧碧""紫紫""黑黑""白白"……要么就是不通，要么就是太不挨边了，比如"白白羊毛""黑黑皮肤"，这都不像话。

勉强有一个"绿绿"可用，但是最适合用"绿绿"形容的"竹"啊、"草"啊，又都是仄声字（"竹"是入声，是仄），不能对同样是仄声的"柳"。这样，可选的余地就很小了。有位网友对了一个"黯黯天光"，就还可以，因为"黯"是深黑色的意思。

既然这样，想从颜色的仄声叠字里找，就很困难了。所以可以放宽一点，找一个形容质地或情态的叠字就可以了。比如"瑟瑟风声""漠漠烟光""呖呖莺声""淡淡梅香"……

5. 风来花影动，这已经是一句标准的律诗句子了。而且要注意，这句话是有逻辑的，"花影动"是"风来"的结果。所以"月上鸟声繁""雾散水光浮"都是可以的。因为"月上"导致了鸟儿的鸣叫，"雾散"导致了水光的浮动。

那么，"日落故人归"可不可以呢？当然也可以，但是有一点，这样对得宽松了点，因为"故人"和"花影"在整体上才能对仗。"故"和"花"是对不上的。

而且，我们现在是在做练习，"影"这个位置，对的是"人"。"影"，不是一个实在的东西；所以，下联最好是对"声""光""香""姿""容"……这些同样没有实体的东西，意思上才是最贴合的。

做过上面五个练习，你对对仗可能就有了更深的体会。

2020年4月，教育部推出了中小学生阅读指导目录，其中有一本书叫《声律启蒙》，是清代人编的，很值得看，因为它就是在教当时的孩子学习对仗的。它把许多适合对仗的词编在了一起。比如它的第一段：

云对雨，雪对风，晚照对晴空。

来鸿对去雁，宿鸟对鸣虫。

三尺剑，六钧弓；岭北对江东。

人间清暑殿，天上广寒宫。

两岸晓烟杨柳绿，一园春雨杏花红。

两鬓风霜，途次早行之客；

一蓑烟雨，溪边晚钓之翁。

从一个字开始，一口气对到十个字。这本书读熟了，自然就能写对句了。

这种优美的对仗，还真的只有我们汉语能做到。英语里虽然也有对句的说法，但是没有汉语这样可以一个字一个字地对嵌起来。比如《登鹳雀楼》里"黄河"对"白日"，"白"英语是 white，"黄"是 yellow，这样好像也可以对。但是下边就不行了："日"是 sun，"河"是 river，sun 和 river，一个音节和两个音节，就没有办法对到一起。只有我们汉语这种整齐、铿锵有力的语言，才能做到这一点。

不过，《声律启蒙》也不是完全没有问题，比如刚才这段，就有一个毛病："来鸿"对"去雁"，其实是不合适的。因为"鸿"和"雁"是同一种动物。在对仗中，上下句相对的字，虽然要求同类，却不能意思完全相同，完全相同叫"合掌"，是对仗的大忌，比如：

"关门"不能对"闭户"。

"波翻"不能对"浪涌"。

"晓日"不能对"朝阳"。

"惊世界"不能对"震乾坤"。

这些都是很容易犯的错误。特别是"惊世界"和"震乾坤"，有些人觉得这两句放一起不是更有气势吗？比如有人写春节"爆竹声声惊世界，春雷滚滚震乾坤"，其实是大笑话。因为上下联如果说了同一个意思，就等于其中一句是废话了。

能写对句，是学习传统文化必备的技能。1932年，清华大学入学考试的国文考试有一道题，就是对对子。这道题是大学者陈寅恪出的，出句是：孙行者。

对什么的都有，据说有不少考生拿《西游记》里的人名来对，什么"猪八戒""白骨精""唐三藏"，但是全都吃了零蛋。但有一个学生得了分，因为他写的答案是"祖冲之"。

这道题的难点，在于下联的三个字，必须和"孙""行""者"三个字相对，而且合起来还得是一个人名（当然要著名，不能随便对一个，然后硬说就有这个人）。如果这个人名和孙行者有关系，那就更好了。

"孙"是孙子，"祖"是祖先，所以"孙"可以对"祖"。

"行"是走路，"冲"是往前迅速地跑，也是行走的一种，所以可以对"行"。"者"和"之"，都是文言文里的虚字。"之乎者也"嘛。而且，三个字的平仄和上联也相反。

不过，和所有对子一样，这道题也没有标准答案。还有回答"王引之""韩退之"的。王引之是清代的一位学者，韩退之就是唐代文学家韩愈，退之是他的字。甚至书法家"王献之"，名将"刘牢之"，民国名人"陈立夫"（"夫"在这里是一个语气词），都是可以的，但都得不了满分，因为"孙"和"陈"，"牢"和"行"，都没有什么必然的联系。所以，虽然勉强对上来了，但是"不工"，就是不工整、不工稳。当然，比什么"猪八戒""白骨精"好太多了。

当时还有一位考生的答案是"胡适之"，受到了陈寅恪的赞赏。胡适之即当时的知名学者胡适先生。因为当猴子讲的"猢狲"又可以写成"胡孙"（事实上，孙悟空的师父须菩提祖师给他取名字的时候，一开始就想让他姓胡，但是"胡悟空"实在难听），所以"孙"可以对"胡"（三个字以上的对句，第一个字的平仄可以不对）。"适"是到某个地方去的意思，有个成语叫"无所适从"，意思就是不知该去哪里，该跟着谁。另外还有一个很巧的事：胡适之当时正在研究《西游记》里的孙行者。

所以，从这个例子可以看出，如果只追求逻辑正确，其实很好对；但是如果追求上下联的意思相关，就很难"工"了。

　　《声律启蒙》给出的对句，并不一定是标准答案。这本书可以这样玩：你把原书给出的下句盖上，然后自己想一个对句，就像做填空题。然后比较一下，看看比作者给的答案高不高明。这一段，我做的练习是这样的：

　　云对月，雪对<u>霾</u>，晚照对<u>晨光</u>。

　　来鸿对<u>别鹤</u>，宿鸟对<u>奔羊</u>。

　　三尺剑，<u>六寻枪</u>；岭北对<u>河阳</u>。

　　人间清暑殿，<u>梦里白云乡</u>。

　　两岸晓烟杨柳绿，<u>千村落日稻麻黄</u>。

　　两鬓风霜，途次早行之客；

　　<u>九重宫阙，朝中端拱之王</u>。

　　好像也还可以嘛。对完之后，会觉得像游戏玩通关一样开心。

　　你开始练习的时候，不需要像我一样照顾押韵，只要对出来就可以了。如果照顾押韵，可选的字并不多（比如"鸟"，下句要对一个动物，但押这个韵的表示动物的字，只有羊、鸯、凰、蝗少数几个）。而且，长句子对不出，就先对短的。如果不能对得很工整，放宽一点要求也不碍事。比如"三尺剑"对"一锅汤"，"人间清暑殿"对"家里电冰箱"，也不是不行。

玩熟了之后，你就会发现，这是一个特别好玩的游戏，随时随地可以玩。例如可以玩对地名，比如：

铁岭——银川

静海——宁波

重庆——独流

营口——包头

蚌埠——鸿门

六盘水——五棵松

白马寺——黑龙江

新德里——旧金山

白音胡硕——乌鲁木齐

也可以找本地地名来对，那样可选的更多。比如北京人的玩法：

马甸——牛街

木樨地——苹果园

　　此外，花草名、人名都可以拿来玩。这种游戏可以宽松一些，合掌、平仄，暂时可以不管，只要字面意思对上就行。

　　玩多了你会发现，就连做作文写排比句，也变得容易了。比如"暖风吹过了金色的沙滩，吹过了绿色的原野"，这也是对仗，只不过是用现代汉语写的而已。

为什么很多诗念起来不押韵了?

这一讲,还是要说一件非常重要的事。可能比较枯燥,但是这是写旧体诗入门的第二道大关,就是"音韵"。

音韵是一门非常专门的学问,但我们不必像语言学家一样,了解得那么多。只要记住一句话就够了:古代的语音和今天的语音不一样。

我们仍然举李峤的《风》来说明:

解落三秋叶,能开二月花。

过江千尺浪,入竹万竿斜。

这个"斜",到底念 xié 呢,还是念 xiá 呢?还有"远上寒山石径斜"的"斜"也一样，是念 xié 呢，还是念 xiá 呢？

　　其实在唐代，这个字既不念 xié 也不念 xiá，而是粗略地类似 sia 或 zia 的一个音。而"花"的读音和今天没什么太大区别。所以在当时，"斜"和"花"是押韵的。

　　但是，语音是会发生变化的。别说几千年几百年，就是一百年前，那时候已经有了录音设备，你找几段那时的旧录音听听，就会发现，当时人说的话，就和现在的有些不一样。你现在穿越回唐代，听李白和杜甫聊天，肯定是听不懂的。

　　唐代到今天已经过了一千多年。"斜"的读音就慢慢变成了 xié。但这就出现了一个问题：它和"花"不押韵了！

　　诗如果不押韵，念起来就很难听。于是人们发明了一种办法，就是把不押韵的字音稍微改一下，把"斜"念成 xiá。这样凑合着能念，慢慢就形成了一个稳定的习惯。

　　后来又有人说：不行，这么读毕竟是不对的。还得按照普通话读，于是只好又改成 xié。

　　所以这件事其实没有什么对错，念 xié 是普通话读法。念xiá 也是一种习惯。当然，谁也不能确定唐代的"斜"念什么。因为那时没有录音机，无论是 sia 还是 zia，都是学者的推测。

　　另外，对"过江千尺浪，入竹万竿斜"，你可能会问：

　　"江"是个平声字，下联"竹"普通话念二声，也是个平

声字，按说上下联平仄应该相反啊，是不是对错了？

实际上不是的。这是因为古今的声调也发生了变化。

今天普通话的声调，分四声：阴平、阳平、上声、去声（也就是常说的一、二、三、四声），但是在唐代不是。唐代将阴平、阳平统称为"平"，又多了一个"入声"。所以，唐代也是四声，只不过是"平、上、去、入"。其中"平"就是平声，"上、去、入"属于仄声。这里的"竹"就是一个入声字。

平声念起来比较平直；而上声的音调拐了个弯，比较高亢；去声的音调是从高到低的，比较悠长；入声通常是一个短促的发音。但无论是高亢、悠长、短促，都富有变化，和平声的平直形成对比。所以，上、去、入合称为仄声，经常在诗歌里和平声互相衬托，互相对比，形成音乐的美感。

不过，宋元之后，语音发生了很大的变化，其中一个大变化，就是入声字消失了，有的变成平声字，有的变成上声字，有的变成去声字，这个现象，叫"入派三声"。

但是，虽然语音变化了，但诗词写作还保持着旧传统，尤其是在读音上。唐代人把当时的字编成韵书，同韵（可以粗略理解为韵母相同）的字放在一起，就叫一个"韵部"，便于查阅。后来经过几次修订，到了金代，确定了一种官方韵书，用于科举考试。这部韵书是在平水（今山西临汾市）印行的，所以又叫《平水韵》。

《平水韵》也经过了分合修订，在明清时渐渐确定下来，一直流传到今天。今天我们用的，是清代康熙年间经过系统整理的版本，一共一百零六个韵部。因为这部韵书上接唐代，下到今天，所以是今天写旧体诗的人仍然要遵循的标准。我们这本书提到的任何一首诗，只要是唐代之后的，都以《平水韵》为准来分析（实际上《平水韵》不是唐代产生的，而唐代的韵部也不完全代表当时的读音，但是这些问题就不多讨论了）。

《平水韵》其实就是一部小字典，只不过今天的字典通常是按声母排的，而《平水韵》是按声调和韵母排的。分为上平声、下平声、上声、去声、入声五个部分（平声字太多，分了上、下，并没有别的意思）。《平水韵》的目录是：

上平声

一东　二冬　三江　四支　五微　六鱼　七虞　八齐　九佳　十灰　十一真　十二文　十三元　十四寒　十五删

下平声

一先　二萧　三肴　四豪　五歌　六麻　七阳　八

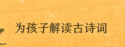
庚　九青　十蒸　十一尤　十二侵　十三覃　十四盐　十五咸

上声

一董　二肿　三讲　四纸　五尾　六语　七麌　八荠　九蟹　十贿　十一轸　十二吻　十三阮　十四旱　十五潸　十六铣　十七筱　十八巧　十九皓　二十哿　二十一马　二十二养　二十三梗　二十四迥　二十五有　二十六寝　二十七感　二十八琰　二十九豏

去声

一送　二宋　三绛　四寘　五未　六御　七遇　八霁　九泰　十卦　十一队　十二震　十三问　十四愿　十五翰　十六谏　十七霰　十八啸　十九效　二十号　二十一个　二十二祃　二十三漾　二十四敬　二十五径　二十六宥　二十七沁　二十八勘　二十九艳　三十陷

入声

一屋　二沃　三觉　四质　五物　六月　七曷　八黠　九屑　十药　十一陌　十二锡　十三职　十四缉　十五合　十六叶　十七洽

每个韵部都有个名字，就是列在这个韵部里的第一个字。例如"一东"有：

东同童僮铜桐峒筒瞳中衷忠盅虫冲终忡崇嵩菘戎绒弓躬宫穹融雄熊穷冯风枫疯丰充隆窿空公功工攻蒙濛朦薱笼胧栊咙聋珑砻泷蓬篷洪荭红虹鸿丛翁嗡匆葱聪骢通棕烘崆

全是和"东"同韵的字。"东"就相当于这些字的代表。如果一首诗限定押"一东"的韵，就只能在这些字里选。

"一东"下面是"二冬"，和"冬"同韵的字，又单列了一个韵部。你可能说"东"和"冬"读音不是一样的吗？是的，今天一样，可在唐代之前却有点差别。但毕竟区别不大，所以不要说我们，就是唐末的人，也已经分不清"东"和"冬"有什么区别了。唐末有个叫李涪的，很不高兴地说："何须'东冬''中终'妄别声律？"所以，《平水韵》反映的，也并不是唐宋人的真实读音，有时候更像一种共同遵守的游戏规则。

所以，"东""冬"这种韵母相近的韵部，称为"邻韵"，某些时候可以借用，就叫"借韵"。

近体诗的限韵，是非常严格的，除了少数情况外，都必须在同一韵部的字里选。如果一个韵部收的字比较多，可选的范围就很大，就叫"宽韵"；如果韵部收的字少，比如"三江"，只有二十来个字，就叫"窄韵"。

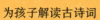

知道了这些原理，我们就可以看一看你熟悉的古诗。比如李白的《望庐山瀑布》：

> 日照香炉生紫烟，遥看瀑布挂前川。
> 飞流直下三千尺，疑是银河落九天。

这首诗的韵脚是"烟""川""天"，今天念起来也押韵，韵母都含有 an。一查《平水韵》，这三个字都在下平声的"一先"里，所以可以说这首诗押的是"一先"的韵（我们以后会一直用《平水韵》的体系讲押韵，而基本不用现代汉语的"韵母"概念）。

"烟""川""天"，碰巧这几个字今天读起来也押韵，所以你不会觉得有什么问题。但李白的《望天门山》，就有点儿不同：

> 天门中断楚江开，碧水东流至此回。
> 两岸青山相对出，孤帆一片日边来。

按照普通话念，"开"和"来"的韵母是 ai，是押韵的。"回"的韵母是 ui，为什么不押韵了呢？其实我们知道有韵部这回事就明白了，一查，"开""回""来"同属于上平声"十灰"，在一个韵部。这首诗押的就是"十灰"的韵。

另外，"相对出"的"出"，今天念一声，属于平声，但是实际上是个入声字，属于入声"四质"。所以我猜你念到这句时，可能会觉得哪里怪，却又说不上来。如果你有这种感觉，那么恭喜你，你有诗词的语感。同理"不知细叶谁裁出，二月春风似剪刀"，你可能也会觉得别扭。因为"出"本来就应该读仄声。

"一先""十灰"都是平声，所以刚才两首押的是平声韵，现在看一首押入声韵的，李白的《玉阶怨》：

　　玉阶生白露，夜久侵罗袜。
　　却下水晶帘，玲珑望秋月。

这首诗的韵脚是"袜"（wà）和"月"（yuè），今天念起来，无论如何是不押韵的。但是它们都是入声字。一查《平水韵》，两个字果然都属于入声"六月"。

至于这两个字在唐代怎么读，这是古代汉语学者研究的专业问题。粗略说来，"月"大概是一个短促的 nguɑ 的音，"袜"大概是一个短促的 uɑ 的音。

167

普通话里没有入声字，但是生活中也经常遇到。比如跑步的时候，体育老师喊"一二一"，肯定不会拖长了声音，按照标准读音喊"yī—èr—yī—"，那就没人跑得动了。他一定是把两个"一"都喊得十分短促："yī·èr—yī·"而且"一"的后面有个短暂的突然收尾，这就有点像古代的入声了。

实际上，"一"在古代就是一个入声字，和刚才说到的"出"同属于入声"四质"。

所以白居易有一首诗《二月一日作赠韦七庶子》：

园杏红萼坼，庭兰紫芽出。

不觉春已深，今朝二月一。

我接触白居易的诗集是在中学，当时念的时候，心里想："这也不押韵啊？"其实"出"和"一"是押韵的。

今天很多地方的方言，都保留了入声字。例如江浙、广东，用这些地方的方言读唐诗，有些诗就押韵了。如果你是这些地方的人，那是一种学古诗词的"福利"。但是，如果你的方言里没有入声字，尤其是北方人，怎么办呢？

当然，"入派三声"是有规律可循的，但是最关键的，还是多读多背，培养语感。

其实还有个办法，就是你读诗的时候，如果觉得哪里别扭，十有八九是今古发音不同的问题。而这些问题里，又十有八九是你遇到了一个入声字。你可以停下来查一查，如果是的话，就把这个字念成一个短促的音，就像跑操时喊的那个"一"一样。这样时间一长，常见的入声字你就能掌握了。

　　小学学的诗词，会遇到许多入声字，只是老师可能不会细讲。例如：

　　　　白日依山尽，黄河入海流。

　　"白""日""入"，都是入声字。但为什么你没觉得别扭呢？因为"日"和"入"，从入声变成了去声，还是仄声。而"白"那个位置，不要求平仄相对。

　　杜甫的《春夜喜雨》，也有这个问题。这首诗的五六两句是：

　　　　野径云俱黑，江船火独明。

　　首先，"黑"我们上一讲说了，是个入声字，属于入声"十三职"。你家乡如果不说普通话的话，可能方言里还念一

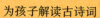

个短促的类似"hè"的音。

另外，"俱"和"独"也很有意思，正好反了过来。"俱"在今天念四声，属于仄声；但是过去却念类似"jū"的音，属于上平声"七虞"。"独"在今天念二声，属于平声；但过去却是入声字，属于入声"一屋"。

所以，不光入声的声调发生了变化，其他声调也有。比如《鹿柴》：

　　　　空山不见人，但闻人语响。

　　　　返景入深林，复照青苔上。

你读的时候可能也会别扭一下，"响"是三声，"上"是四声，说不出来哪儿不对。但你也许会想，大概古诗就是这么写的吧，就马虎过去了。

其实，如果你有这种感觉，那就对了。"响"和"上"，本来就在一个韵部。同属于上声"二十二养"，"上"在这里应该念类似 shǎng 的音。包括"上声"的"上"字，仍然读shǎng，不读 shàng。

这其实告诉我们，古诗不同声调的字，一般是不能押韵的。不像现在，比如《采蘑菇的小姑娘》，它的韵脚

"娘""筐""上""享",什么声调都有,这就是放宽了要求了。

《江上渔者》也是这个问题:

> 江上往来人,但爱鲈鱼美。
>
> 君看一叶舟,出没风波里。

你读的时候可能也觉得别扭。"美"和"里"不押韵啊。其实在平水韵里,"美"和"里"同属于上声"四纸",过去是押韵的。

这样的例子还很多,例如陈子昂《登幽州台歌》中"后不见来者""独怆然而涕下"。"者"与"下"今天不押韵了,其实同属于上声"二十马"。

贾岛《寻隐者不遇》中"言师采药去""云深不知处","去"和"处"今天也不押韵,其实同属于去声"六御"。

词也一样,也有今音和古音的区别。但词的用韵和诗的用韵不太一样。宋代词人的用韵,遵守着一些通行的习惯。《平水韵》里的有些韵部,在宋人那里是可以通押的。

清代戈载研究了前人作词用韵的情况,归纳总结了一番,编写了一部书,就是《词林正韵》。

《词林正韵》一共分十九部。篇幅关系,我只列出两部:

第一部

平声　一东二冬　通用

上声　一董二肿　去声　一送二宋　通用

第二部

平声　三江七阳　通用

上声　三讲二十二养　去声　三绛二十三漾　通用

这样看来，词韵的韵部，比诗韵的韵部要宽得多。所以词的形式更加灵活。

诗韵和词韵，都有专门的韵书。今天网络很发达，在网上就可以查到。有一个专门的诗词网站"搜韵"，收录的韵书非常齐全，《平水韵》《词林正韵》都可以全文阅读和检索。

因为今天的普通话没有了入声字，可有些人又想写诗，于是就搞出一套基于普通话的"新韵"。当然，我并不反对用新韵写诗；但是我坚持认为：新韵顶多是用来入门的一根小拐杖。如果旧体诗词现在还在流行，那么改用新韵是没有问题的。但是，旧体诗词在日常生活中已经不再使用，而是作为一种传统，需要我们继承。那么，就必须学习旧韵。只有了解、掌握了旧韵，才能真正体会到古诗词的美感和内涵。

用普通话读一读下面的诗句，有没有觉得不押韵的地方？想一想会是什么原因呢？

1. 千山鸟飞绝，万径人踪灭，孤舟蓑笠翁，独钓寒江雪。（《江雪》唐·柳宗元）

2. 南村群童欺我老无力，忍能对面为盗贼。公然抱茅入竹去，唇焦口燥呼不得，归来倚杖自叹息。俄顷风定云墨色，秋天漠漠向昏黑。布衾多年冷似铁，娇儿恶卧踏里裂。床头屋漏无干处，雨脚如麻未断绝。自经丧乱少睡眠，长夜沾湿何由彻！（节选自《茅屋为秋风所破歌》唐·杜甫）

什么是诗的格律？

这一讲，就到了旧体诗的第三道大关：格律。

所谓格律，就是对诗的句式、平仄、用韵等种种规定。符合这些规定的，叫"格律诗"，通常指五律、七律、五绝、七绝以及排律等近体诗。

听起来虽然麻烦，但有三条首要的原则，那就是：

1. 一句之内，相邻的偶数字平仄必须不同。

2. 一联之内，偶数字必须平仄相反。

3. 两联之间，上联下句和下联上句的偶数字必须平仄相同。

绝大部分格律诗，都满足这个条件。我们举一首杜甫的七律《登高》：

　　　　风急天高猿啸哀，渚清沙白鸟飞回。
　　　　无边落木萧萧下，不尽长江滚滚来。
　　　　万里悲秋常作客，百年多病独登台。
　　　　艰难苦恨繁霜鬓，潦倒新停浊酒杯。

　　其中，"急""白""木""不""作""客""百""独""浊"是入声字，属仄声。

　　去掉其他的字，剩下的偶数字是：

　　　　—急—高—啸—，—清—白—飞—。
　　　　—边—木—萧—，—尽—江—滚—。
　　　　—里—秋—作—，—年—病—登—。
　　　　—难—恨—霜—，—倒—停—酒—。

　　这一组字的平仄是：

　　　　—仄—平—仄—，—平—仄—平—。

—平—仄—平—，—仄—平—仄—。

—仄—平—仄—，—平—仄—平—。

—平—仄—平—，—仄—平—仄—。

看到了吧，很容易就会发现这么几个规律：

1. 同一句里，比如第二联中"边"（平）的下一个偶数字是"木"（仄），"木"的下一个偶数字是"萧"，又是平声，是"—平—仄—平—"。相应地，下联的"—尽—江—滚—"一定是"—仄—平—仄—"，同一句里，绝没有两个相邻偶数字平仄相同的情况，好像插花一样，这就叫句内"相错"。

当然，这是七言，如果是五言，就一定是"—仄—平—"，"—平—仄—"，不会出现"—仄—仄—""—平—平—"的句式。

2. 上下联的偶数字，平仄肯定是相反的，例如仄声"飞"对平声"啸"；仄声"里"对平声"年"。这叫联内"相对"。这个好理解，我们在讲对仗的那一节已经说过了。

3. 下一联上联的平仄，一定和上一联下联的平仄相同。例如：

"—边—木—萧—"和上面的"—清—白—飞—"一样，都是"—平—仄—平—"。

"—里—秋—作—"和上面的"—尽—江—滚—"一样，都是"—仄—平—仄—"。

"—难—恨—霜—"和上面的"—年—病—登"一样，都是"—平—仄—平--"。

也就是说，两联之间好像粘住了一样，这就叫联间"相粘"。好像提起一联来，下面一对一对的就连着被提起来了。又像上联的下一句把下联的上一句生出来似的，母子之间一模一样。

"相粘"虽然规定了上联下句和下联上句相同，却造成了一个更好的效果，就是下一联整体的平仄，和上一联整体的平仄一定是相反的。例如上联是"—平—仄—平，—仄—平—仄—"，下联一定是"—仄—平—仄—，—平—仄—平—"。

当然，还包括用平声押韵，一韵到底等基本特征。这些在其他体裁的诗里也有，而"句内相错、联内相对、联间相粘"三个特征，却是格律诗独有的。

为什么要强调偶数字呢？这个也不难理解，因为我们汉语的节奏，通常是两个字两个字的。所以偶数位置上的字，是节奏的重点，需要用心安排。而所有的这些安排，从小范围到大范围，都保证的是节奏不单调、不重复。

"句内相错"，保证了一句之内的节奏不重复。

"联内相对"，保证了两句的节奏不重复。

"联间相粘"，保证了一联一联的节奏不重复，不至于一联一联念下去，全是同一个调调。

不得不说，这种阴阳相反、相生、相协调的艺术，是我们中国人的神奇智慧。我经常说，格律诗就像生命演化的过程：一个人找了一个配偶，这叫上下联相对；然后生了一个孩子，就是下一联的上联，这叫相粘；然后这个孩子又结婚，又一次"相对"；然后再生孩子，又"相粘"……这正是我们中华文化的特征：生生不息，繁衍不止。

明白了这三条基本原理，我们再把视野放宽到奇数字和韵脚上，就会容易理解许多。例如一首五言律诗，根据第一条"句内相错"，一句的二、四两个字，只能是"一仄一平一"和"一平一仄一"两种可能。

如果写成一联诗，根据第二条"联内相对"，就是下面的样子：

　　＿仄＿平＿，＿平＿仄＿。

空格里填什么呢？其实第五个字是确定无疑的。因为我们知道，下句要押韵的，所以下句第五个字必须是平，相应

地，上句第五个字必须是仄（首句除外）。这就变成了：

  ＿仄＿平仄，＿平＿仄平。

宽松来说，这就是一联格律诗了。一、三两个没有填上的位置，平也行，仄也行。

但是，严格要求起来，第三个位置还不是填什么都行。因为如果上联填一个仄声字，下联就得填一个平声字，就变成这样：

  ＿仄<u>仄</u>平仄，＿平<u>平</u>仄平。

这种在唐诗里不是没有，例如杜甫的"鸿雁几时到，江湖秋水多"。"几"是仄，"秋"是平，但是念起来还是有点别扭。所以中唐之后，就认为不合律了。所以这个地方应该反过来，上联用平，下联用仄：

  ＿仄<u>平</u>平仄，＿平<u>仄</u>仄平。

第一个字，在整句的节奏里，是最不重要的，所以平也可，仄也可。但是，也不能随便填，因为如果下联用一个仄声字，就变成了：

　　__仄平平仄，仄平仄仄平。

除了韵脚外，第二句全句只有一个平声，这叫"孤平句"，念起来也难听。孤平是律诗的大忌。所以这个地方只能用平；相应地，上联第一个字最好用仄。这就变成了五言律诗的第一种基本句式：

　　1.　仄仄平平仄，平平仄仄平。

这就是一个基本的五律句式，代表句式是"海内存知己，天涯若比邻"。

所以，很多讲诗词的书，要求你记忆各种句型。其实句型是不需要死记硬背的，而是要理解它是如何根据规则一步步生成的。而且，有些地方很严格，有些地方是可以通融的，如上句第一个字，就可平可仄。

"仄仄平平仄，平平仄仄平"，是基于"一仄一平一，一平一仄一"这样的对仗方式生成的。那么如果反过来，"一

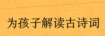

平—仄—，—仄—平—"会生成什么句式呢？就是下面这种，
五言律诗的第二种基本句式：

2. 平平平仄仄，仄仄仄平平。

你可以试着按刚才的方法推导一遍，看这个句式是如何生
成的。代表句式是"随风潜入夜，润物细无声"。如果嫌记平
仄太枯燥，就记这两联著名的诗就可以了。

这两套基本句式，组合一下，就可以组成一首五言律诗。
例如：

（1）仄起仄收式

仄仄平平仄，平平仄仄平。
平平平仄仄，仄仄仄平平。
仄仄平平仄，平平仄仄平。
平平平仄仄，仄仄仄平平。

例如杜甫的《春夜喜雨》：

好雨知时节，当春乃发生。

随风潜入夜，润物细无声。

野径云俱黑，江船火独明。

晓看红湿处，花重锦官城。

注意："节""发""入""物""黑""独""湿"，都是入声字，属仄。"俱""看"是平声字。

你可以自己标一下，看看这首诗符不符合上面的规则。第一个字可平可仄，一般画个方框或画个圈，或者写个"中"字。

虽然第一个字通常可平可仄，但也不能完全不管不顾。假如连续三句以上开头都是平声，就叫"平头"。比如，把这首诗改成"甘雨知时节，当春乃发生。随风潜入夜，滋物细无声"，每句话头一个字都平平地念出来，就不好听了。

五律的正格，是首句不押韵，所以第一句末一个字，一定是个仄声（注意上面例子，"节"就是仄声）。第一句以仄声起头，以仄声收尾，这种格式，就叫"仄起仄收式"。

但是如果第一句想押韵怎么办呢？有人想，很简单啊，那就是把"仄仄平平仄"改为"仄仄平平平"，最后一个字换成一个押韵字，不就可以了吗？

不行，不信，你把刚才这首诗改一个字"好雨知时情，当春乃发生",就会觉得怪;甚至你用普通话念一下"好雨知时节","节"念成平声,也会觉得怪怪的。

为什么呢?这又涉及一个格律诗的禁忌:三平调。

"三平调"指格律诗句尾三个字连着都是平声,这是不好听的,因为没有任何变化。其实你从人名也可以发现:三个字的人名,一定要有平有仄才好听,例如"张昌英""孙金光",就全都是平声,没有起伏。

如果硬让第一句押韵,别的不变,就会出现"三平调"的现象。解决方法很简单,同时把第三个字的平变成仄就可以了。这就是"仄起平收式",其余的没有任何变化:

注意"三平调"说的一定是句尾三个字,如"离离原上草",虽然"离离原"是"平平平",但这可不叫"三平调",因为它没有结束,后面还会有变化。

（2）仄起平收式

仄仄仄平平，平平仄仄平。

平平平仄仄，仄仄仄平平。

仄仄平平仄，平平仄仄平。

平平平仄仄，仄仄仄平平。

例如杜甫的《月夜忆舍弟》：

戍鼓断人行，边秋一雁声。

露从今夜白，月是故乡明。

有弟皆分散，无家问死生。

寄书长不达，况乃未休兵。

注意："一""白""月""不"，都是入声字。

（3）平起仄收式

现在，我们想变一变，第一句想用"—平—仄—"而不是用"—仄—平—"了，那么，如果这句不押韵的话，就是下面的样子：

平平平仄仄，仄仄仄平平。

仄仄平平仄，平平仄仄平。

平平平仄仄，仄仄仄平平。

仄仄平平仄，平平仄仄平。

这个格式，典型的作品就是白居易的《赋得古原草送别》：

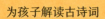

离离原上草，一岁一枯荣。

野火烧不尽，春风吹又生。

远芳侵古道，晴翠接荒城。

又送王孙去，萋萋满别情。

注意："一""不""接""别"，都是入声字。

如果想让第一句押韵，就是把第五个字改成韵脚，就变成了"平平平仄平"。但是，五个字里只有一个仄声，也是别扭的，所以应该把第三个字改成仄声，这就是"平平仄仄平"，这就是第四种格式"平起平收式"：

（4）平起平收式

平平仄仄平，仄仄仄平平。

仄仄平平仄，平平仄仄平。

平平平仄仄，仄仄仄平平。

仄仄平平仄，平平仄仄平。

平起平收的五律不是很多。这个格式，代表作品就是李商隐的《晚晴》：

深居俯夹城，春去夏犹清。

天意怜幽草，人间重晚晴。

并添高阁迥，微注小窗明。

越鸟巢干后，归飞体更轻。

注意："夹""阁"，都是入声字。

另外，我们说"平起"还是"仄起"，指的是第二个字的平仄，不是第一个字的平仄，第一个字总是可平可仄的。例如王勃的"城阙辅三秦，风烟望五津。与君离别意，同是宦游人"，虽然第一个字是平声"城"，但我们看的是第二个字"阙"，所以仍然是"仄起平收"。

熟悉了五律的格律，七律的格律就很容易掌握了，就是把五律前面加两个字，如果五律前两个字是"平平"，那么就加"仄仄"；如果是"仄仄"，就加"平平"，例如把五律的"仄起仄收式"加两个字改成七律，就变成了七律的"平齐仄收"：

（1）平起仄收式

平平＋仄仄平平仄，仄仄＋平平仄仄平。

仄仄＋平平平仄仄，平平＋仄仄仄平平。

平平＋仄仄平平仄，仄仄＋平平仄仄平。

仄仄＋平平平仄仄，平平＋仄仄仄平平。

这种格式，最典型的就是杜甫的《客至》：

舍南舍北皆春水，但见群鸥日日来。

花径不曾缘客扫，蓬门今始为君开。

盘飧市远无兼味，樽酒家贫只旧醅。

肯与邻翁相对饮，隔篱呼取尽馀杯。

不过，七律不像五律，首句一般是押韵的，那么上面这种第一句可不可以改成"平平仄仄平平平"呢？不行，又犯了"三平调"了，所以最后一个字是平的话，前面第五个字就得改成仄，这就是"平起平收式"。

（2）平起平收式

平平＋仄仄仄平平，仄仄＋平平仄仄平。

仄仄＋平平平仄仄，平平＋仄仄仄平平。

平平＋仄仄平平仄，仄仄＋平平仄仄平。

仄仄＋平平平仄仄，平平＋仄仄仄平平。

其实，这就相当于把"仄起平收式"改成七律，例如白居易的《钱塘湖春行》：

孤山寺北贾亭西，水面初平云脚低。

几处早莺争暖树，谁家新燕啄春泥。

乱花渐欲迷人眼，浅草才能没马蹄。

最爱湖东行不足，绿杨阴里白沙堤。

同理可以推出另外两种类型，首句不入韵的"仄起平收式"和押韵的"仄起仄收式"。

（3）仄起仄收式

仄仄＋平平平仄仄，平平＋仄仄仄平平。

平平＋仄仄平平仄，仄仄＋平平仄仄平。

仄仄＋平平平仄仄，平平＋仄仄仄平平。

平平＋仄仄平平仄，仄仄＋平平仄仄平。

这种格式，有名的如杜甫的《阁夜》：

岁暮阴阳催短景，天涯霜雪霁寒宵。

五更鼓角声悲壮，三峡星河影动摇。

野哭千家闻战伐，夷歌数处起渔樵。

卧龙跃马终黄土，人事音书漫寂寥。

（4）仄起平收式

仄仄＋平平仄仄平，平平＋仄仄仄平平。

平平＋仄仄平平仄，仄仄＋平平仄仄平。

仄仄＋平平平仄仄，平平＋仄仄仄平平。

平平＋仄仄平平仄，仄仄＋平平仄仄平。

　　这种格式，典型的如柳宗元《登柳州城楼寄漳汀封连四州》：

城上高楼接大荒，海天愁思正茫茫。

惊风乱飐芙蓉水，密雨斜侵薜荔墙。

岭树重遮千里目，江流曲似九回肠。

共来百越文身地，犹自音书滞一乡。

　　以上是五律的四种形式和七律的四种形式，虽然看上去眼花缭乱，其实归根结底，它们都是从相错、相对、相粘的三个原则推演出来的。再加上一些诗人写作的经验，对如三平调、孤平、平头等，做了一些修正。

当然，这篇文字不能把格律诗所有的规则说全，例如"拗救"，因为小学生的诗词基本不涉及，所以不细讲。另外，什么地方可平可仄，不同的诗人、不同的书，看法也不一样。有的严一些，有的松一些。唐代早期律诗和后代成熟的律诗也不太一样。看法不一样，其实说明了一个问题：这个地方遵守与否，对声韵美感的影响并不是很大。所以，你作为初学者，了解一些基本的规则和禁忌，明白"讲格律是为了声韵的美感"这条基本原则就可以了。

标出下面格律诗的平仄，并说明属于哪一种类别：

《山居秋暝》唐·王维

空山新雨后，天气晚来秋。

明月松间照，清泉石上流。

竹喧归浣女，莲动下渔舟。

随意春芳歇，王孙自可留。

诗的句法

从这一节开始，我们来说说怎样写一首完整的诗。

一般认为，学诗要从五律入手。因为五律四十个字，不长不短，结构清楚，写起来比较顺手。律诗和你从小常见的诗不太一样。你从小背的诗，一般是七言绝句、五言绝句，所以会以为初学也要先写这些。其实绝句因为短、好背，可以拿来入门，可实实在在不好写。因为要在二十几个字中讲清楚一件事，语言能力要十分高超才行。七律又太长，初学者控制不好。所以从五律入手是最安全的。因为篇幅关系，这本小书讲写诗，也只讲五律。五律的基础打下了，再探索新的领域也容易。

一首完整的律诗，不管五律、七律，都是四联八句。四联都有专门的名字，这四个名字把律诗比作一头动物的身体：第一联叫"首联"，就是头；第二联叫"颔联"，就是下巴；第三联叫"颈联"，就是脖子；第四联叫"尾联"，就是尾巴。我们之后经常会用到这四个名词。

写一首完整的五律之前，要先学写一联完整的"律句"。律句就是符合格律的句子，既讲平仄也讲对仗 ①。就好比学书法，总得先学一笔一画，再学写一个字。写好了一个字，再学写整篇。一上来就讲诗心，谈风骨，营造意境，是不现实的做法。

律诗要求中间的颔联和颈联必须对仗，所以我们这里说的律句，主要指这两联。但是，不是说把平仄相符、意思对仗的字填进去就完了。比如：

青春需奉献，时代在讴歌。

这虽然也符合平仄，也能对仗，意思也通，但并不是诗的句子。因为首先节奏就不对；其次"青春""时代"这些词，不是旧体诗词习惯用的；而且，既没有意境，又没有用典，没

① 五言律句的平仄，格律那章已经说过，无非就是两种：1.仄仄平平仄，平平仄仄平；2.平平平仄仄，仄仄仄平平。

有诗味。

律句有自己的句法，我们在诗的演变那章讲过，五言句基本结构是前二后三。但后三个字，又可以有"一二"和"二一"两种组合，所以五律基本句法就是"二一二"和"二二一"。比如"远芳＼侵＼古道，晴翠＼接＼荒城"就是"二一二"，"细雨鱼儿出，微风燕子斜"就是"二二一"。

"二一二"结构，往往能构成最简单、最基础的句式，除了"远芳侵古道，晴翠接荒城"之外，还比如：

黄云＼断＼春色，画角＼起＼边愁。

蝉声＼集＼古寺，鸟影＼度＼寒塘。

这是比较容易想到、好写的一种结构，因为它的逻辑和我们平时说话差不多。上面两联，一联是王维的，一联是杜甫的，两个名词夹一个动词：一个什么东西，做了一件什么事。比如王维这联，"黄云截断了春色，画角唤起了边愁"，完全可以顺着翻译下来。

模仿这个最基础的句式，你也可以学着写几联。比如我们说这样一个场景：

你去一个风景区游玩，先看到一片高高的柳树林，上面落着很多小鸟；树林旁边是一座草木茂盛的山崖，下面是一条山间小溪。这幅画面，主要元素就是四个：鸟群、柳树、溪流、山崖。鸟儿们住在高高的柳树上，清清的溪水绕着翠绿的山崖流出来。所以就可以说：

众鸟栖高柳，清溪绕碧崖 ①。

不能说多好，但是，总算是一联说得通的律句。

下面，我们就要给这一联慢慢地动手术，让它从低级向高级演化起来。先看看，能不能改造成一联"二二一"结构的句子呢？比如：

绿树＼村边＼合，青山＼郭外＼斜。（孟浩然）
野鹤＼清晨＼出，山精＼白日＼藏。（杜甫）

这种句式，就进了一层，算是 2.0 版本了。因为按正常顺序是"村边合绿树，郭外斜青山""清晨出野鹤，白日藏山精"。如果非得按原诗的顺序说，就得把它们省略的词补上："绿树

---

① 平仄属于第一种律句"仄仄平平仄，平平仄仄平"。

（在）村边围绕，青山（在）城郭外横斜。""野鹤（在）清晨出来，山林里的小妖精（在）白天隐藏。"因为它们省略了一些东西，句子更凝练，就更有诗味了。

刚才我们写的那两句，也可以改一改，变成这种句式：

清溪崖下绕，众鸟柳梢栖。①

牺牲了形容山崖的"碧"和柳树的"高"，但这不算什么，因为突出了重点："清溪"和"众鸟"，而且换来了画面的动感。这就可以说是第一联的升级版了。

但是，这种句法，仍然比较初级。还能再升级吗？当然能。比如说，把你最想强调的东西直接提到前面行不行呢？可以，这就是"倒装句"。比起刚才说的两种句法，这就是一个新的升级版了，比如：

柳色春山映，梨花夕鸟藏。（王维）
短褐风霜入，还丹日月迟。（杜甫）

王维这句，其实是"春山映柳色，夕鸟藏梨花"。但是作

---

① 平仄属于第二种律句"平平平仄仄，仄仄仄平平"。

者把柳色、梨花提到前面去，就显得格外精神。因为"柳色"和"梨花"，比起"春山"和"夕鸟"来，明显是色泽更鲜明、形象更具体的东西。

杜甫那句也一样，其实是"风霜入短褐，日月迟还丹"。"短褐"是穷人穿的衣服，"还丹"是古人炼的据说能长生不老的丹药。"短褐"与"还丹"，明显是两件实实在在的东西，比"风霜""日月"这种抽象的东西要真切得多，所以杜甫也把这两件东西提到句子的最前面。

陡峭的山崖、高耸的杨柳，比小溪和鸟儿更有视觉冲击力，至少，你一进公园就能望见。所以，假如你想强调的是视觉冲击力，那么可以升级为 3.0 版本：

峭壁清溪绕，高林众鸟栖。（这里为了调平仄，必须把"崖"和"柳"换一种说法）

还能再升级吗？当然能！因为前两个字是"峭壁""高林"，人们一上来看见的是"峭"和"高"，还不够醒目。那么不妨倒一下，变成：

壁峭清溪绕，林高众鸟栖。

197

这就是 4.0 版本了。类似 4.0 版本的句子，古人也写过很多，例如：

　　水阔吞沧海，亭高宿断云。（张祜）
　　道孤心易感，恩重力难酬。（许浑）

其实是"阔水吞沧海，高亭宿断云"，"心易感孤道，力难酬重恩"，诗人都把他们想强调的东西提到了最前面。

现在我们继续升级。之前的句子里，无论是哪个级别的版本，都只有一个表示动作的词，比如：

　　柳色春山映，梨花夕鸟藏。（王维）
　　水阔吞沧海，亭高宿断云。（张祜）
　　壁峭清溪绕，林高众鸟栖。

你有没有想过，表动作的词还能不能再加一个呢？那样，句子就更加灵动起来了。例如：

　　僧同池上宿，霞向月边分。（刘得仁）

　　这句无非是说"池上宿了僧，月边分了霞"，但要这么说，就是两句纯说事的话，就没劲。变一变语序，把"僧"和"霞"提到前面去，再加一个"同"和"向"，就有意思了。一个静态的画面，变成了连续的动态画面了。好像僧人是找着池塘去住宿，彩霞追着明月去摆造型一样。

　　这种句法的顶配，就是杜甫的名句：

　　　　露从今夜白，月是故乡明。(杜甫)

　　其实杜甫想说的，无非是"今天夜里生了白露，故乡升起了明亮的月亮"，但是这样说就没劲。他把一个动作拆成两个，先把"露"和"月"往前提，然后说露是从今夜开始凝结，月是在故乡才更显明亮，就更带有自己的情绪了。

　　我们那两句还能再升级吗？当然能，这可以算 5.0 版本了：

　　　　溪从崖下绕，鸟向柳梢栖。

　　似乎就更有诗的感觉了，因为正常人说话不是这样的，这个版本里面加了很多诗的技巧。

还能再升级吗？当然可以了。我们知道，崖下溪流和林中群鸟，是没有什么关系的。这两句颠来倒去，怎么说都无所谓，但也显得散乱。但是，有一种对联，上下联得合起来才能表达一个完整的意思，比如：

> 遥怜小儿女，未解忆长安。（杜甫）
>
> 野火烧不尽，春风吹又生。（白居易）
>
> 随风潜入夜，润物细无声。（杜甫）
>
> 欲穷千里目，更上一层楼。（王之涣）

光看"野火烧不尽""欲穷千里目"……是不知道作者要说什么的，得和下句连起来才知道。这种上下两句连起来表达一个意思，而且还严格对仗的，叫"流水对"。

诗里如果有流水对，就显得一气呵成，精神凝聚。比如，可以把我们的句子改成 6.0 版本，最简单的办法，就是制造一个因果关系：

> 欲寻栖树鸟，应在绕崖溪。（这个地方用"柳"有点怪，所以改成了"树"）

其实呢，说的还是"绕着山崖的溪流就在住着小鸟的树林旁边"这个意思。你去溪边找小鸟，肯定找得到。但是有了一个因果关系，画面里的各个元素，就关联得更紧密了。

还可以继续升级吗？当然可以，比如，我们刚才在句子里加了两个表示动作的字，让句子变得更加灵活；现在能不能反过来想：一个动词都不用行不行呢？

你可能会说：那不就太呆板了吗？还真不是，因为少了动词，可以用名词去补上。这样，虽然直接的动作没有了，画面却更丰富了。这就叫"名词句"。

名词句是一种很高级的句法，例如：

鸡声茅店月，人迹板桥霜。（温庭筠）
渭北春天树，江东日暮云。（杜甫）

这两句，当然也可以说成"鸡鸣茅店月，人踏板桥霜"，但是，就不如全用名词凝练。虽然一个动词都没有，却给我们留下了充分的想象空间。比如温庭筠这句，给我们的感觉是：

在茅店住宿的行人，听到鸡鸣就早早出发。等他到了板桥上，发现桥面上已经留下了脚印，可知有更早的行人经过。

需要什么"鸣""行""踏"来讲清这些事吗？不需要，诗里的各种事物，已经告诉了我们这些内容，我们可以自动"脑补"出来。

杜甫这句也是，这是他怀念李白的诗。虽然没有任何"忆""念""怀""思"的字眼，我们却能感受到他的意思：

> 分别许久了。在这渭北的春日里，我常对着你漫游的地方，痴望着那一丛一丛的绿树。而在江东日落的时刻，我知道你也将会天天望着我这边的片片彩云。

他不必说谁在看"春天树"，谁在看"日暮云"，甚至连"看""望"这些字眼都根本不用说，就像电影里两个空镜头一样，来回一切，就表达了他怀念李白的情感。这是高手中的高手。

我们不是高手，但是可以模仿。比如，我们之前的版本里，因为要照顾动词，所以只能放鸟、柳、溪、崖四样东西。现在把动词赶出去，腾出了一个空位，就可以放下六样东西了！所以我们再把之前的句子动动手术，添加两样东西，变成这两句的 7.0 版本：

清溪崖壁月，高鸟柳林风。

这就是一幅很丰满的山水画了。

还能再升级吗？其实，还是可以的。比如我们再来看杜甫的两句诗：

白花檐外朵，青柳槛前梢。

猛一看，和之前的名词句似乎没什么区别。但还是不太一样。檐、花、朵、槛、柳、梢，虽然还是六样东西；但是，"朵"是属于"花"的，"梢"是属于"柳"的。正常地说，应该是"花朵"和"柳梢"；这两句正常地说，应该是"檐外白花朵，槛前青柳梢"。

但是像杜甫这样的诗人，你让他好好说话就见了鬼了。花和柳，虽然很鲜明、很具体，但是花的朵，柳的梢，却是从属的东西，不容易一眼发现。所以，他一定要把"花朵""柳梢"这么紧密的词，想方设法拆开，把有视觉冲击力的"白花""青

柳"提到前面去。

那么，我们就找两个直接属于"溪"和"鸟"的东西，来改一改吧：

清溪崖下水，高鸟柳间巢。

这个和之前的名词句差不太多，就勉强叫 7.1 版本吧。

诗的句法还有很多，不能一一列举。这里所说的"升级"，也不是说级别越高的句子就越好，而说的是与自然口语的距离，以及诗人们在里面加的技巧。

能写出一联不错的诗句，自然就可以写出两联。但是要注意的是，在律诗里，两联的句法要尽量避免相同。比如颔联是"二一二"，颈联最好要"二二一"，否则读起来特别呆板（尤其要避免全是"二一二"的句式）。例如唐太宗李世民的一首诗：

残云收翠岭，夕雾结长空。

带岫凝全碧，障霞隐半红。

仿佛分初月，飘飘度晓风。

还因三里处，冠盖远相通。

从第一句开始,"收\翠岭""结\长空""凝\全碧""隐\半红""分\初月""度\晓风"全是一个模子一路下来了。这就是不好的句法。高手都讲究错落有致,比如:

王维的《山居秋暝》中间两联:

> 明月\松间\照,清泉\石上\流。
> 竹喧\归\浣女,莲动\下\渔舟。

杜甫的《登岳阳楼》中间两联:

> 吴楚\东南\坼,乾坤\日夜\浮。
> 亲朋\无\一字,老病\有\孤舟。

王湾的《次北固山下》:

> 潮平\两岸\阔,风正\一帆\悬。
> 海日\生\残夜,江春\入\旧年。

颔、颈两联,是诗人们特别注重的。有时候,著名诗人也是先写出一联不错的诗句，然后再找别的话来凑。所以有一个现象，你可能记得住一首五律的中间两句，却不会背全篇。这不是你的问题，是诗人把精力都放在这部分了。这种现象，在中晚唐的诗人那里特别突出。例如"秋风生渭水，落叶满长安"，是贾岛传诵千古的名句，然而这首诗《忆江上吴处士》，却没几个人会背。这就叫"有句无篇"。

但是你初学的时候，反倒应该先训练句，再训练篇。换句话说，有句无篇并不可怕，而是我们必须经历的过程。一首五律，总得先有两句出彩吧？哪怕其他六句都是凑的，也不是不可以。

"夕阳薰细草，江色映疏帘"，是杜甫《晚晴》中的句子。请在此基础上修改（不必考虑原韵）：

1. 改成一联流水对。

2. 改成每句包含两个动词。

3. 改成一联"名词句"。

律诗的结构：起承转合

写作文的时候，老师肯定要强调：作文要有清晰的层次和结构。其实写诗也一样。尤其是律诗，这个特点最明显。

《红楼梦》里香菱向林黛玉学写诗：

> 黛玉笑道："既要学做诗，你就拜我为师。我虽不通，大略也还教的起你。"香菱笑道："果然这样，我就拜你为师，你可不许腻烦的。"黛玉道："什么难事，也值得去学？不过是起、承、转、合，当中承、转是两副对子，平声的对仄声，虚的对实的，实的对虚的。若是果有了奇句，连平仄虚实不对都使得的。"

这一段，基本上把五律的写法说全了。五律的结构，就是"起承转合"。

起承转合的意思是说，五律一共四联，第一联的作用是"起"，就是发起一个话题。第二联的作用是"承"，就是承接上面的话题，进一步解释或发挥。第三联的作用是"转"，就是把意思深入一层，或者反转一下。第四联的作用是"合"，又叫"结"，就是收尾、结束。

我们举一个例子，王维的《观猎》：

> 风劲角弓鸣，将军猎渭城。（起）
>
> 草枯鹰眼疾，雪尽马蹄轻。（承）
>
> 忽过新丰市，还归细柳营。（转）
>
> 回看射雕处，千里暮云平。（合）

这首诗就是一个教科书级别的起承转合结构。

首联是"起"：大家注意了，我王维要说一件事了！说什么呢？说我看见了一位将军，嗖嗖嗖地射箭，正在渭城打猎。"风劲角弓鸣"还不重要，重要的是"将军猎渭城"。

好了，话题发出去了。下面的话题，就是围绕着这将军如何打猎展开了。不能忽然去说另外一位将军，也不能说这将军三年后又上了前线。

那么他怎么打猎呢，这就要"承"，颔联要讲细节了：草已经枯了，猎鹰的眼睛观察草里的猎物（比如野兔之类）更加清楚；雪化完了，马跑起来格外轻快。这两句是跟着前两句来的，是在解释、细化，在说"将军"如何"猎渭城"。

"承"之后的颈联，就要"转"。转的意思是深入一层。你看这两句，说将军先来到了新丰市，后回到了细柳营，不在猎场里了。这是说将军豪爽而能喝酒，又暗示他可以和名将相比。因为新丰市是盛产美酒的地方，去新丰市就是喝当时的名

酒 "新丰酒"（很贵，王维另一首诗说 "新丰美酒斗十千"），
庆祝打猎成功；而细柳营是汉代名将周亚夫的军营，这位将军
回这里住，至少说明王维是把他和周亚夫相提并论的。这两
句主要在写这位将军的魅力，把 "打猎" 这个话题更深入一
层了。

那么，这两句能不能继续说将军如何打猎呢？比如我来
改两句 "箭逐云鸿落，旗随穴兔惊"，似乎也不错。但是，这
就和 "承" 的部分重复了，这一联就算说出花来，无非还是打
猎而已，失去了 "转" 的作用。

所以，再比较一首写打猎的诗，就能见出高低。唐代张祜
有一首《观徐州李司空猎》：

> 晓出禁城东，分围浅草中。
> 红旗开向日，白马骤迎风。
> 背手抽金镞，翻身控角弓。
> 万人齐指处，一雁落寒空。

张祜也算有名的诗人，但这首诗就不如王维的气象宏大。
因为颔联都说了 "红旗开""白马骤" 了，后面颈联还在喋喋
不休地说如何抽箭，如何搭弓——又不是后羿射日，能新鲜

到哪里去呢？所以前人说它"无大好处，但取其写兴逼真耳"（清·李怀民）。

不过，张祜是吃了点亏，因为他生得晚了（比王维晚八十多年），好诗被王维写过了。所以他摆明了不想从大结构上取胜，就是要老老实实抠细节。当然，老实人倒也没白费功夫，他从分围、骑马，一直说到弯弓、落雁，是一个从大到小、从宏大到精细的过程。有点像把镜头一口气从远推到近。"一雁落寒空"的动感，"背手""翻身"的画面感，比"忽过新丰市"要强，扳回了几分，使得它总体上看，不至于比王维的差太多（白居易说他对这两首诗"未敢优劣"）。但是，这是在写打猎，不是在写绣花描眉；所以，王维的诗显然是胜出的。

最后的尾联，作用是"合"。合的目的是结住全诗，就像口袋收口一样，打个结子合拢，不能散开。比如接着"还归细柳营"写"忽闻天子诏，边塞用奇兵"行不行呢？也不行，散了。要记得：你在首联把话题发出去了，是"打猎"呀。这两句说明天要出征，和打猎有什么关系呢？所以要收一句，照应一下，还得说打猎这个事，这样口袋才能收住。

但是，将军都回了营了，还能和打猎有什么关系呢？如果是一般的诗人，怕会说如何将猎物煎炒烹炸、如何收拾兵器，这倒也能收住。事实上，张祜另外一首《猎》，尾联就说

"归来逞馀勇，儿子乱弯弓"。倒也不是没有生活情趣，就是透着小气。

所以，王维高明就高明在这里，我人回来了没关系呀，我看一眼不行吗？轻轻一拨，"回看射雕处，千里暮云平"，这句太棒了！一下子把境界接到了千里之外，比"儿子乱弯弓"不知高到哪里去了。你想想，一部宏大电影的结尾，一般是镜头推向茫茫夜空呢，还是几个小孩闹吵吵地乱拉弓呢？

而且，这两句也完全把这首诗结住了。都"千里暮云平"了，今天就结束了，还能有什么事呢？再有事就是明天见了。

所以五律并不难，就是起、承、转、合四联，按这个套路，把每联的意思讲到了，一首平头正脸的五律就作出来了。

当然，五律还要求中间两联也就是颔联、颈联要对仗。就是林黛玉说的"当中承、转是两副对子，平声的对仄声，虚的对实的，实的对虚的"。对仗我们之前讲过了。王维的这首诗，中间两联"草枯鹰眼疾，雪尽马蹄轻""忽过新丰市，还归细柳营"，都是严格对仗的。而首尾两联不需要对仗，只要平仄符合格律即可。

五律因为比较套路化，很容易上手。例如我们命一个题目，写一首游览佛寺的诗，该怎么写呢？我们看两个例子。

唐钱起《题精舍寺》：

胜景不易遇，入门神顿清。

房房占山色，处处分泉声。

诗思竹间得，道心松下生。

何时来此地，摆落世间情。

清彭孙贻《灵谷寺松径》：

一从灵谷去，数里见高林。

亭午群峰正，空山万籁深。

鸟归迟暝色，云至改松阴。

不必寻僧语，萧条物外心。

这两首都是写游览佛寺，前两联意思差不多。先是"起"，说我去了一座寺庙，挺不错的。然后"承"，细化一下，得说寺庙旁边有什么呀。有山，有泉，有风声（万籁）。注意这里诗人特别喜欢用视觉和听觉相对，上联说山色、山形（群峰正），下联一定说声音，泉声啊，万籁啊。一视加一听，感染力就丰富了。

颈联再"转"一下，钱起说"这里让我产生了诗思、升起了道心"，因为他觉得风景已经说完了，再说也没什么意思了，就开始从风景说到人，从耳闻目睹的事物说到心情了。这和王维《观猎》一个路数（实际上张祜的诗虽然不够大气，但中间两联也是先说红旗、白马，后说射箭的人）。而彭孙贻放弃了这种"转"法，老老实实地继续抠风景细节，和张祜一个路数，只是从中午说到傍晚，从静态说到动态了。而且"迟""改"这两个字，是他最费心琢磨出来的，是"诗眼"。最后一联都是在感叹："哎呀，来到这里，我顿时感到万念俱空，灵魂受到了洗涤。"表达出这么一个意思，全诗就"合"住了。

这两首诗没什么名气，也没写出什么新鲜东西。之所以举这两个例子，是因为它们很套路化，可以让你更好地掌握五律的形式。上乘的五律，自然有不少，但是我们在把握精髓之前，首先要把握形式。上乘的作品往往各方面都出彩，我们的目光很容易被其他因素吸引，所以我专门选了两首平常的诗，就是讲结构。

五律的"起"和"合"，往往要扣题，有不得不说的话，唯独中间两联，是最体现诗人心思的。诗人最着意经营的，就是中间这两联。

至于林黛玉说的："词句究竟还是末事，第一是立意要紧。若意趣真了，连词句不用修饰自是好的，这叫作'不以词害意'。"这固然是对诗词创作的高阶认识，其实也是林黛玉给香菱打气，叫她敢动笔写。初学者真的写起来，还是要严守平仄格律。遵守游戏规则，是玩任何游戏的第一步。

所以，你在练习对仗的时候，就可以留意，如果写出了两句不错的五言联，不妨再按照套路，凑齐一首五律。因为在现代，我们没几个人立志成为李杜，读了这本小书，你也成不了大诗人——最重要的是培养一点诗词的基本素养。

不妨做一下你平生第一首五律的练习：

你一定去过公园，公园里一般有草坪，有树林，有小鸟，有鲜花，晴天有蓝天白云，其他天气有雨，有雪，有雾。有的公园还依傍着山岭，有苍松翠柏，嶙峋怪石；有的公园建在河边或湖边，有潺潺流水，水里有鱼，有青蛙，有荷花……你一定玩得很开心。现在以《游园》为题，用仄起仄收式，写一首五律（平仄要求标在了下面）。

□□□□□，□□□□□。（起：说来到了公园，公园大环境如何，或者怎么去的。)

仄仄平平仄，平平仄仄平。

□□□□□，□□□□□。（承：细说公园的景色，上下联分别各说一种，
要对仗。)

平平平仄仄，仄仄仄平平。

□□□□□，□□□□□。（转：说游人在干什么，或自己的心情；或进
一步描写风景，要对仗。)

仄仄平平仄，平平仄仄平。

□□□□□，□□□□□。（合：概括一下感受，比如惋惜时间太快了，
或者临走时的景象。)

平平平仄仄，仄仄仄平平。

　　放心，你写得肯定很蹩脚。但是不要担心，这是学习写诗
必须经过的阶段：模仿。实在写不出，你把下面的参考作品换
几个字，填进方框里，也是可以的。

参考诗：

　　　《游凤林寺西岭》唐·孟浩然

　　共喜年华好，来游水石间。（起：来到了"公园"。)

　　烟容开远树，春色满幽山。（承：细说景色，树和山。)

壶酒朋情洽，琴歌野兴闲。（转：游人在干什么。）

　　莫愁归路暝，招月伴人还。（合：怎么离开的。）

　　顺便说一句，这种写法，也适用于你的作文。假如你写作文不知从何下手，不妨就用起、承、转、合的形式：1.抛出一个话题。2.细化这个话题。3.深化一下主题。4.照应收住话题。这不是教你僵化的八股文，而是讲文章普遍的作法。有了这个框架，你对作文的理解会更加清晰。

词是怎样演变的?

我曾经做过"中国诗词大会"的选手评审工作,在报名表上,我发现一个孩子的简历上写着:"我会背很多诗词:《陋室铭》《出师表》《滕王阁序》《捕蛇者说》……"

有的自媒体公众号也喜欢讲诗词,有一次竟然发了一篇"《古文观止》里五十句优美的古诗词"。

这两个例子说明了什么问题呢?其实说明,很多人对古代的文体是没有概念的。只要是古代的文章,就可以叫"诗词"了。

其实,古代的文体,按照押不押韵,可以分成韵文和非韵文(非韵文又分讲究对偶的骈文和不讲究对偶的散文)。而韵文里,主要是诗、词、曲、赋四大部分(还包括一些不太常见

的文体如铭、赞等）。在小学课本里，大部分如《凉州词》《池上》都属于诗，《忆江南》属于词，中学要学的《天净沙·秋思》属于曲，《阿房宫赋》属于赋，《陋室铭》属于铭。

非韵文里，所有的小学课本里的古文都属于散文。中学要学的《滕王阁序》属于骈文。这些暂时先不讲。我们这本小书只讲诗和词。

为什么要分这么多类别呢？很简单：用处不一样。你读一读小学课本里的诗和词，就会发现，诗往往很正式，经常说一些大道理，比如陆游临死的时候给儿子写的《示儿》：

死去元知万事空，但悲不见九州同。

王师北定中原日，家祭无忘告乃翁。

这个感情是十分沉重的。因为他临死的时候还记挂着收复失地，国家统一。

但是，词往往比较随意，而且更加口语。比如辛弃疾这首《清平乐》：

茅檐低小，溪上青青草。醉里吴音相媚好，白发谁家翁媪？

大儿锄豆溪东，中儿正织鸡笼。最喜小儿无赖，溪头卧剥莲蓬。

　　什么"锄豆"啊，"织鸡笼"啊，"剥莲蓬"啊，都是最常见的生活，最好懂的白话。上下阕换了一次韵，也显得很俏皮。

　　其实最开始的时候并没有"词"这种文体，人们无论是讲家长里短，还是说大道理，都是"诗"。不过，如果再细分，这些"诗"里，能配上音乐唱的诗（无论是汉魏的乐府诗还是唐代的歌行），可以单独起个名字，叫"歌"。

　　比如你学的古诗里，《稚子弄冰》，就不是为了唱而写的，是比较纯粹的"诗"；《敕勒歌》就是为了唱的，就是"歌"（它的名字就告诉我们它是可以唱的），《长歌行》"青青园中葵"、白居易的《长恨歌》，都是"歌"。

　　唐代之后，随着格律的严格，那些不能唱的诗，就越来越用于正式的场合。但是，生活不能总是那么严肃，人们总要有娱乐生活，比如在觥筹交错时听艺人们唱唱歌。这就出现了一种专门的文体：词。词，其实可以说是从诗里的"歌"演变来的，相当于那时候的流行歌曲。

这就有点像我们在升旗仪式、毕业典礼上，会有非常正式的演讲，声情并茂、慷慨激昂。但是同学的生日宴会上，总不能穿上正装来段演讲吧？就得唱点流行歌曲，轻松而快乐。演讲就相当于诗，流行歌曲就相当于词。

　　今天的人如此，古人也一样。你想，一场古代宴会上，舞女们翩翩起舞，乐师吹吹打打，这时候该唱点什么呢？你会发现，你学过的诗，很多都不好唱出来，比如这时候唱一个"锄禾日当午"，教育大家不要浪费粮食？或者"死去元知万事空"，有些扫兴了吧？

　　唐代的文化十分繁荣，文学在发展，音乐也在发展，出现了不少新的复杂的曲调。为了配合这些曲调的演唱，词人根据曲调的旋律、节拍的要求，填上相应的歌词，这就叫"倚声填词"。

　　比如唐代的敦煌（今甘肃西部）流行着一首曲子，是这么唱的：

　　　　天上月，遥望似一团银。夜久更阑风渐紧，为奴吹散月边云，照见负心人。

　　这就是一首很早的词，当时还有一个名字，叫"曲子词"。

顾名思义，就是有乐曲的歌词。这首词配合的曲子也有个名字，就叫《望江南》或《忆江南》。

既然曲子是确定的，就可以为它填上不同的词，比如白居易也写过一首《忆江南》，还选入了小学课本：

　　江南好，风景旧曾谙。日出江花红胜火，春来江水绿如蓝。能不忆江南？

比较一下字数、句数、节奏就知道，虽然我们今天不知道《望江南》的曲谱了，但是这两首词的唱法肯定是一样的，它们从属于同一个曲谱。

可惜的是，古代没有录音机，除了极少数之外，大多数曲谱都没有流传下来。但是，它们的名字流传下来了。除了《忆江南》之外，还有《渔歌子》《卜算子》《菩萨蛮》《沁园春》《水调歌头》等一千多种。每种都有一套基本固定的乐谱，每一种就叫一个"词牌"。

其实今天的流行歌曲也有这种现象，一套乐谱可以配许多词。比如你会唱的《两只老虎》：

　　两只老虎，两只老虎，

跑得快，跑得快。

一只没有眼睛，

一只没有尾巴，

真奇怪！真奇怪！

其实这首歌的来源，是一首法国民谣《雅克兄弟》：

雅克兄弟，雅克兄弟，

在睡吗？在睡吗？

去敲响晨祷钟，

去敲响晨祷钟

叮叮当！叮叮当！

这首歌有许多唱词，还有一个粤语版，前几句是"打开蚊帐，打开蚊帐，有只蚊，有只蚊"。1926 年 7 月，国民革命军把《两只老虎》的曲调重新填了词，改名为《国民革命歌》，前面几句是"打倒列强，打倒列强，除军阀，除军阀！"

无论词怎么变化，无论是用普通话、粤语还是法语唱，曲调是不变的。如果这支曲子放在唐宋，就可以算作一个词牌了。

又比如你学过的字母歌"A—B—C—D—E—F—G, H—I—J—K—L—M—N"，也可以用这个调子唱《小星星》，"一闪一闪亮晶晶，满天都是小星星"。其实这支曲子最初是莫扎特的《小星星变奏曲》，也相当于一个词牌了。

如果你喜欢听相声，或许会知道岳云鹏有一首著名的《五环之歌》：

啊——五环，你比四环多一环。

啊——五环，你比六环少一环。

这是翻唱的蒋大为的《牡丹之歌》："啊——牡丹，百花丛中最鲜艳；啊——牡丹，众香国里最壮观。"如果把《牡丹之歌》的曲调当作一个词牌的话，岳云鹏就是在"倚声填词"。而且，甚至我相信你也干过这种事，就是把音乐课上学的歌曲填进自己的词。有些词还比较恶作剧，这其实就是"倚声填词"。

不过，正因为古代没有录音机，词调很容易失传，失传之后，词人没法再"倚声填词"，而只能按照词牌规定的格式作词了。这时，不同词牌之间的差异就主要体现在文字上，如每句的字数、句数、韵脚、句式等等。比如小学课本里的《卜算子·送鲍浩然之浙东》：

> 水是眼波横，山是眉峰聚。欲问行人去那边？眉眼盈盈处。
>
> 才始送春归，又送君归去。若到江南赶上春，千万和春住。

凡是这样分上下两段，每段都是四句，分别是五个字、五个字、七个字、五个字（还包括要押仄韵），这种格式就叫"卜算子"了。想写别的"卜算子"，照着这个格式往里填就行了。

词牌的名字，一般是和它本来歌唱的内容有关。比如"卜算子"可能是占卜算命先生唱的歌，"菩萨蛮"原来唱的是少数民族女子（称为"蛮女"）。但是这些曲调流传开之后，再往里填的新词，就和原来的内容无关了。就像"两只老虎"的歌词，已经和雅克兄弟没有关系了。

词开始出现的时候，都比较短。除了《忆江南》外，还有唐代张志和的《渔歌子》：

> 西塞山前白鹭飞，桃花流水鳜鱼肥。青箬笠，绿蓑衣，斜风细雨不须归。

《忆江南》和《渔歌子》都只有二十七个字。在词的发展初期，大约唐代到五代十国这段时间里，这类比较短的词牌是主流，通常管它们叫"小令"（小令的上限通常是五十八个字）。主要就是酒席上让歌女们配乐演唱。

　　这种场合轻松快乐，无非就是花间月下、吃吃喝喝那点事。所以，第一部收录当时词作的集子就叫《花间集》。

　　翻开《花间集》第一首，是唐代大文豪温庭筠的《菩萨蛮》：

　　　　小山重叠金明灭，鬓云欲度香腮雪。懒起画蛾眉，弄妆梳洗迟。

　　　　照花前后镜，花面交相映。新帖绣罗襦，双双金鹧鸪。

　　这首词当然不错，写了一个贵族女子美丽的容貌、华贵的衣着，后来电视剧《甄嬛传》拿它当了主题曲。

　　但是，第一首惊艳，不等于首首如此。翻一翻《花间集》就知道，后面的词，连篇累牍，都差不多一样的套路，就算温庭筠自己的词，什么鸳鸯锦、翡翠钗、水晶帘、玉楼月……题材很狭窄，成就也不高。

真正把词发扬光大的第一位文学大家，是南唐后主李煜。当时中国四分五裂，占据着江西、安徽、江苏、福建这一带的割据政权后人称作南唐，李煜就是南唐最后一位君主。后来李煜投降了赵匡胤，南唐灭亡，并入了北宋。李煜两年后就死了。

李煜不算是个成功的帝王，却是一位伟大的词人，很用心地在写词。而且，他年少时经历过宫廷中的繁华富贵，灭国之后，在北宋的都城过着寄人篱下的生活。这种大起大落的经

历，不是一般人能有的。所以，他把个人感受写进了词，例如这首著名的《虞美人》：

> 春花秋月何时了？往事知多少。小楼昨夜又东风，故国不堪回首月明中。
>
> 雕栏玉砌应犹在，只是朱颜改。问君能有几多愁？恰似一江春水向东流。

相传这首词触怒了宋太宗，于是不久之后，李煜就被下毒害死了。这首词并没有写吃喝玩乐，而写的是亡国的沉痛，回想往事，只觉"故国不堪回首"，国破家亡，物是人非，无限的愁闷涌上心头。这样的话，只有经历过国破家亡变故的人才说得出。所以，这首词是李煜的真情实感，是他心灵的震动。从这时起，词就开始走出宴会，走向了文人。

不过，从唐五代一直到北宋前期，词仍然是以小令为主，加不了太多的内容。北宋时期，出现了另外一位让词发扬光大的大功臣，就是柳永。

柳永一生科场失意，但他喜欢和普罗大众打交道，吸收了许多市井流行的音乐曲调，写的词也非常容易懂。而且他写的东西更加广阔，从个人的爱恨情仇扩展到都市风情、山水风光。比如你高中时会读到这首《望海潮》：

> 东南形胜，三吴都会，钱塘自古繁华。烟柳画桥，风帘翠幕，参差十万人家。云树绕堤沙，怒涛卷霜雪，天堑无涯。市列珠玑，户盈罗绮，竞豪奢。
>
> 重湖叠巘清嘉，有三秋桂子，十里荷花。羌管弄晴，菱歌泛夜，嬉嬉钓叟莲娃。千骑拥高牙，乘醉听箫鼓，吟赏烟霞。异日图将好景，归去凤池夸。

整首词写的都是杭州的自然风光、都市繁华与人们的生活景象，像一部风光纪录片，都是之前的词作不会涉及的内容。据说后来金朝君主完颜亮看到了这首词，竟然想打过长江，去领略杭州"三秋桂子，十里荷花"的美景。虽然是传说，也足以说明这首词的影响力太大了！

因此，柳永成了当时的"国民男神"，上至皇帝宰相，下至平民僧侣，都有柳永狂热的崇拜者，当时有句话说"凡有井水处，即能歌柳词"。今天著名的音乐人都未必有柳永当年的风光。

柳永词作的广泛传唱，也扩大了词在社会上的影响力，词成了宋朝人非常欢迎的艺术形式，也慢慢产生了足以和"唐诗"相抗衡的"宋词"。

而且，柳永这首《望海潮》一共一百零七个字，远比小令长，就叫"长调"；因为配乐比较舒缓，所以也叫"慢词"。这是一种全新的艺术形式。

不过，柳永的词还是以细腻见长，和之前表现柔情蜜意的词一样，有一种细腻、柔婉之美，只适合浅吟低唱，所以，像这种风格的词作，我们一般称为"婉约派"。从唐代到柳永的时代，婉约派无疑是词的主流。

到了北宋后期，又出现了另外一个流派，这就是以苏轼为代表的"豪放派"。

顾名思义，豪放派讲究的就是豪放的风格，与婉约派相比，豪放派的创作题材更为多样，视野也比较阔大，气势上就显得特别恢宏壮丽。最有代表性的，就是苏轼的《念奴娇·赤壁怀古》：

> 大江东去，浪淘尽、千古风流人物。故垒西边，人道是、三国周郎赤壁。乱石穿空，惊涛拍岸，卷起千堆雪。江山如画，一时多少豪杰。
>
> 遥想公瑾当年，小乔初嫁了，雄姿英发。羽扇纶巾，谈笑间、樯橹灰飞烟灭。故国神游，多情应笑我，早生华

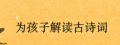

发。人生如梦，一尊还酹江月。

这是苏轼在长江上写的，怀念三国时期周瑜在赤壁之战中击败曹操的壮举，感慨自己功业未建、壮志难酬，单看那江上乱石穿空、惊涛拍岸的气势，就不是婉约派的风格；而这首词临江怀古、感慨今昔，讲的就是一些"大道理"了，是诗里才有的主题。用词这种体裁来表现诗的内容，苏轼无疑是一大功臣。

而且，因为词的范围又变广阔了，渐渐地，作家们写词，也不再是为了歌唱而写。这样，词就从音乐的附属品变成一种独立的文学体裁。词和音乐的脱离，有点像一个孩子终于长大成人，离开了父母的呵护，独立成家立业。这也许是音乐界的损失，却是文学界的大喜事。我们今天以"诗词"并称，就是从这个时候开始的。

读读下面两首辛弃疾的词，你觉得哪首是豪放词，哪首是婉约词？

1. 何处望神州？满眼风光北固楼。千古兴亡多少事？悠悠。不尽长江滚滚流。

年少万兜鍪，坐断东南战未休。天下英雄谁敌手？曹刘。

生子当如孙仲谋。(《南乡子·登京口北固亭有怀》)

2．东风夜放花千树，更吹落、星如雨。宝马雕车香满路。凤箫声动，玉壶光转，一夜鱼龙舞。

蛾儿雪柳黄金缕，笑语盈盈暗香去。众里寻他千百度。蓦然回首，那人却在，灯火阑珊处。(《青玉案·元夕》)

词牌和词的格律

这本书的内容是为孩子解读古诗词，但都快结束了，我们才讲到词。

这是因为，词是从诗的基础上发展来的，平仄、对仗、格律，既是诗的基础，也是词的基础。所以，学词之前，如果打好了诗的基础，尤其是掌握了近体诗的律诗、绝句，词就很容易一步跨过去。

之前说过，词和音乐关系非常密切，不同的曲调，对应着不同的词牌。但是古代没有录音设备，绝大多数词牌，我们已经不知道当时配的音乐是什么样了；事实上，词在北宋后期，就渐渐和音乐脱节，成为了一种独立的诗歌类型。到了明清，即便是很多大词人，也未必搞得懂当年是什么乐谱，他们也就把词当成诗一样来写了。这一章，我们就介绍一些常见的词牌。

我们应该知道，不同词牌表达的情感是不一样的。今天有些诗词爱好者，一上来随便抓一个词牌，就按字数往里面"填"一首词。也不管这个词牌的特点，甚至连押平声韵和仄声韵都不知道区分。这是不对的。

词牌分很多种类，比如可以根据来源和音乐特点，分为"令""引""近""慢"，但是这些对普通人来说太专业了。一般情况就是按字数区分：五十八字及以下的叫小令，五十九至九十字的叫中调，九十一字及以上的叫长调。

词是分段的，只有一段的词，叫"单调"。分两段的词，叫"双调"，其中上段叫"上片"或者"上阕"，下段叫"下片"或者"下阕"。还有分三段、四段的。最长的词牌是《莺啼序》，分四段。

古人填词，用韵比诗要灵活。之前说过，清代人戈载总结了一部《词林正韵》，直到今天也可以用来参考。

按长短，我们选了十个有代表性的词牌，举出了它们的代表作。按照词谱的习惯，凡是标明"平"或"仄"的地方，意思就是这个地方应该用平声字或仄声字。标明"中"的地方，就是平仄都可以。标明"韵"的地方，就是需要押韵。标明

"句"的地方，就是一句结束，但不押韵。

1.《十六字令》，又叫《苍语谣》《归字谣》，十六字，三平韵。

平（韵），中仄平平仄仄平（韵）。平平仄（句），中仄仄平平（韵）。

例如蔡伸的《苍语谣·天》：

天！休使圆蟾照客眠。人何在？桂影自婵娟。

这是最短的一个词牌，你可以用来练习，但是写好可不容易。因为这个词牌源于民歌，要写得流利自然，十六个字很短，宁可写大白话，不要咬文嚼字掉书袋。比较常见的方法，是写一个小场景。要么从人到景，要么从景到人。

2.《如梦令》，又叫《忆仙姿》《宴桃源》，五代时后唐庄宗李存勖创作，三十三字。适合表现生活的小情调。例如李清照的两首《如梦令》：

常记溪亭日暮，沉醉不知归路。兴尽晚回舟，误入藕花深处。争渡，争渡，惊起一滩鸥鹭。

昨夜雨疏风骤，浓睡不消残酒。试问卷帘人，却道海棠依旧。知否，知否，应是绿肥红瘦！

这两首词，一首是李清照少女时期写的，一首是成年之后写的，写的都是细致、轻巧的小趣味，而不是千里江山、家国恩仇。

3. 《浣溪沙》，又叫《山花子》，四十二字。这个词牌源于唐代的宫廷音乐，适合表现婉转、含蓄的情绪。例如晏殊著名的《浣溪沙》：

一曲新词酒一杯，去年天气旧亭台。夕阳西下几时回？

无可奈何花落去，似曾相识燕归来。小园香径独徘徊。

又如苏轼的《浣溪沙》：

山下兰芽短浸溪，松间沙路净无泥，潇潇暮雨子规啼。

谁道人生无再少？门前流水尚能西。休将白发唱黄鸡。

"无可奈何花落去，似曾相识燕归来"，"谁道人生无再少？门前流水尚能西"，都是非常有名的句子。所以填《浣溪沙》这个词牌的时候，这两句是最显功夫的地方。这两句又叫"过片"。

明白了这个道理，如果你填这首词的时候，能把这两句写得警策流畅，就成功了一半。

4.《卜算子》，四十四字，适合表现哀怨、思念的情绪。例如王观的《卜算子·送鲍浩然之浙东》：

水是眼波横，山是眉峰聚。欲问行人去那边？眉眼盈盈处。

才始送春归，又送君归去。若到江南赶上春，千万和春住。

5.《清平乐》，又叫《忆萝月》《醉东风》。四十六字，上片四仄韵，下片三平韵。这属于平仄韵转换的词牌，也适合表达婉约的情感。小学课本有一首黄庭坚的《清平乐》：

春归何处？寂寞无行路。若有人知春去处，唤取归来同住。

春无踪迹谁知，除非问取黄鹂。百啭无人能解，因风飞过蔷薇。

6.《西江月》，又名《步虚词》《江月令》，五十字，上下片各两平韵，结句各押一个仄韵。

小学课本里有一首辛弃疾的《夜行黄沙道中》：

明月别枝惊鹊，清风半夜鸣蝉。稻花香里说丰年，听取蛙声一片。

七八个星天外，两三点雨山前。旧时茅店社林边，路转溪桥忽见。

《西江月》属于平仄通押，一片的内部就有平仄的变化，所以适应面非常宽。像辛弃疾这首词，就写得轻松愉快；如果押一个悠远深沉的韵，则能写出一种苍凉感，例如杨慎《廿一史弹词》中的一首：

道德三皇五帝，功名夏后商周。七雄五霸斗春秋，秦

汉兴亡过手。

　　青史几行名姓，北邙无数荒丘。前人田地后人收，说甚龙争虎斗。

"周""秋""手"等韵脚，韵母都含有 ou，有一种天然的忧伤的感觉，用词又很通俗，所以这首词特别适合讲史评书的开场白。相声演员郭德纲说书之前，就喜欢来这一段。关于不同的韵带来的不同感觉，我们下一章还会细讲。

　　7.《临江仙》，五十八字，上下片各三平韵。今天最有名的，恐怕就是明代杨慎的《临江仙》，清代毛纶、毛宗岗父子评点《三国演义》时，将这首词加在了《三国演义》的开头，并且做了电视剧的主题曲。这首词是豪放风格的，而且，居然能谱上今天的曲子，用浑厚的男中音唱出来：

　　滚滚长江东逝水，浪花淘尽英雄。是非成败转头空。青山依旧在，几度夕阳红。

　　白发渔樵江渚上，惯看秋月春风。一壶浊酒喜相逢。古今多少事，都付笑谈中。

《临江仙》的句子极富变化：七个字、六个字、七个字，然后两句五个字，是一种适应面非常宽的词牌。它押的是平声韵，字数不多不少，能写的内容也多。古代小说里最常用的两个词牌，比如介绍人物，烘托气氛，就是《西江月》和《临江仙》。

《红楼梦》里，薛宝钗也填了一首《临江仙》，婉约风格的，但也非常中正平和。

白玉堂前春解舞，东风卷得均匀。蜂围蝶阵乱纷纷。几曾随逝水，岂必委芳尘。

万缕千丝终不改，任他随聚随分。韶华休笑本无根。好风凭借力，送我上青云。

8.《破阵子》，据说源于唐太宗李世民创制的《秦王破阵乐》，演奏的时候，要用两千名士兵，顶盔贯甲，威风凛凛，甚至纵马驰骋，十分壮观。这个小令可能是从舞曲中截取了一段，六十二字，声调非常激烈雄壮。最有名的，当数辛弃疾的《为陈同甫赋壮词以寄之》：

醉里挑灯看剑，梦回吹角连营。八百里分麾下炙，五十弦翻塞外声，沙场秋点兵。

马作的卢飞快，弓如霹雳弦惊。了却君王天下事，赢得生前身后名。可怜白发生！

9.《满江红》，仄韵，九十三字，声调激越，适合抒发豪情壮志。今天最有名的，当然是传为南宋名将岳飞所作的《满江红》。但是这首词的作者和时代都有争议。不过，词的内容确实是对岳飞的豪情壮志、对国家的赤胆忠诚的最好诠释，情调激昂，慷慨壮烈。即便不是岳飞写的，也是一首名篇。其中的英雄气概，是可以流传千古的：

怒发冲冠，凭栏处、潇潇雨歇。抬望眼、仰天长啸，壮怀激烈。三十功名尘与土，八千里路云和月。莫等闲、白了少年头，空悲切。

靖康耻，犹未雪。臣子恨，何时灭。驾长车踏破，贺兰山缺。壮志饥餐胡虏肉，笑谈渴饮匈奴血。待从头，收拾旧山河，朝天阙。

这首词的韵脚，是"歇""烈""月""切""雪""灭""缺""血""阙"。你可能觉得"歇"和"缺"都是平声，其实这几个字，在当时都是入声。《满江红》一般只押入声韵，因为入声短促、激烈，出口之后立即收住，和这个词牌适合表达的感情是相符的。

和《满江红》相似的还有《念奴娇》。苏轼的《念奴娇·赤壁怀古》，押的也是入声韵，所以也显得慷慨激昂。

10.《扬州慢》，这是姜夔自创的词牌，九十八字。这个词牌的名篇，当然就是姜夔的这首代表作：

> 淮左名都，竹西佳处，解鞍少驻初程。过春风十里，尽荠麦青青。自胡马、窥江去后，废池乔木，犹厌言兵。渐黄昏，清角吹寒，都在空城。
>
> 杜郎俊赏，算而今、重到须惊。纵豆蔻词工，青楼梦好，难赋深情。二十四桥仍在，波心荡、冷月无声。念桥边红药，年年知为谁生？

这个词牌是有来历的。南宋淳熙三年（1176），姜夔路过扬州，这时扬州被金兵洗劫，一片残破。他抚今追昔，创造了这首曲子。因为是为扬州而作的，所以名字就叫《扬州慢》。

这里列举的十个，包括了小令、中调和长调：《十六字令》《如梦令》《浣溪沙》《卜算子》《清平乐》《西江月》《临江仙》六个，都是五十八字以内的，属于小令；《破阵子》是六十字，属于中调;《满江红》和《扬州慢》都是九十字以上,属于长调。

词牌有一千多个,不能一个个地介绍,想填什么词牌,只能去查专门的词谱。这里说的某词牌适合某种情绪,只是一种提示,并不是绝对的。只要多读、多看,并且重视声韵在词中的作用,自然就能培养起对词的感觉。

根据本节内容,你能说出下列词的词牌吗?

1. 别岸相逢何草草,扁舟两岸垂杨。绣屏珠箔绮香囊。酒深歌拍缓,愁入翠眉长。

　　燕子归来人去也,此时无奈昏黄。桃花应似我愁肠。不禁微雨,流泪湿红妆。(宋·王观)

2. 三过平山堂下,半生弹指声中。十年不见老仙翁,壁上龙蛇飞动。

　　欲吊文章太守,仍歌杨柳春风。休言万事转头空,未转头时皆梦。(宋·苏轼)

3. 驿外断桥边,寂寞开无主。已是黄昏独自愁,更著风和雨。

　　无意苦争春,一任群芳妒。零落成泥碾作尘,只有香如故。

(宋·陆游)

词的语言风格

　　词本来是配乐演唱的，只是今天我们已经不知道是怎么唱的了。既然如此，我们能把握的，就只有词里句子的长短、押韵和平仄对仗了。事实上，这几个方面，和词的音乐性是关系非常密切的。我们在讲诗的体裁的时候说过，学诗一定不能只管生僻字词、赏析内容，而是一定要注意它的形式和体裁。词也是一样的。我们在读词、填词的时候，一定不要只看看意思就完了，而一定要先注意它的形式。句子长短、押韵和平仄。因为合适的形式可以使内容的表达更加准确鲜明。

　　大多数诗，都是字数整齐的，但词的句子却是长长短短的，所以词也叫"长短句"。宋代词人辛弃疾的词集，就叫《稼轩长短句》。不同长度的句子，节奏不一样，表达的感情也是不一样的。

比起诗来，词更加重视声韵，粗略地说：有的词牌押平声韵，有的词牌押仄声韵，一般来说，押平声韵的，表达的情绪比较平和温柔；押仄声韵的，表达的情绪比较动荡，要么凄美，要么激烈，要么悲伤。

词的很多句子来源于诗，尤其是近体诗的格律化的句子（即"律句"），注意平仄和对仗。但是平仄对仗的变化，也会影响到艺术效果。这些我们分别来讲。

首先是句子的长短。一般来说，一个词牌的句子越短，表达的感情就越急促、激烈；越长，表达的感情就越舒缓、委婉。我们来看一个以短句子著称的词牌《六州歌头》。这是一个专门抒发慷慨激昂情绪的词牌。这里选一首最著名的作品，是豪放派词人张孝祥的：

长淮望断，关塞莽然平。征尘暗，霜风劲，悄边声。黯销凝。追想当年事，殆天数，非人力；洙泗上，弦歌地，亦膻腥。隔水毡乡，落日牛羊下，区脱纵横。看名王宵猎，骑火一川明。笳鼓悲鸣，遣人惊。

念腰间箭，匣中剑，空埃蠹，竟何成。时易失，心徒壮，岁将零。渺神京。干羽方怀远，静烽燧，且休兵。冠盖使，纷驰骛，若为情。闻道中原遗老，常南望、翠葆霓旌。使行人到此，忠愤气填膺。有泪如倾。

这首词的大意，描写的是江淮区域宋金对峙的情况，以及沦陷区的残破和敌人的骄横。南宋只剩半壁江山，一想到抗战难以成功，岁月空过，词人满怀悲愤。

这首词一打眼，就会被它连续不断的三字句吸引住。它正是用这种连续的三字句，造成一种急切激烈的效果，这种效果叫"繁音促节"。

《六州歌头》是怎么唱的，我们是听不到了；但是，连续三字句的"繁音促节"，今天还有歌曲在使用。你可以听一下《黄河大合唱》的第一乐章《黄河船夫曲》，一上来就唱道：

嗨哟！划哟！……乌云啊，遮满天！波涛啊，高如山！冷风啊，扑上脸！浪花啊，打进船！嗨哟！划哟！……伙伴啊，睁开眼！舵手啊，把住腕！当心啊，别偷懒！拼命啊，莫胆寒！嗨！划哟！嗨！划哟！嗨！划哟！嗨！划哟！

这里表现黄河船夫用力划桨，和风浪搏斗的紧张，所以必须是三字一顿的短句"乌云啊，遮满天"，这样才显得紧迫、有力度。如果唱"哎——半空中的那个乌云哎黑压压地遮满了天哪——"气就全泄掉了。

相反，如果表达舒缓的情绪，那就得用长句子。比如元好问的《摸鱼儿·雁丘词》：

> 问世间、情是何物，直教生死相许？天南地北双飞客，老翅几回寒暑。欢乐趣，离别苦，就中更有痴儿女。君应有语："渺万里层云，千山暮雪，只影向谁去？"
>
> 横汾路，寂寞当年箫鼓，荒烟依旧平楚。招魂楚些何嗟及，山鬼暗啼风雨。天也妒，未信与，莺儿燕子俱黄土。千秋万古，为留待骚人，狂歌痛饮，来访雁丘处。

这首词非常有名，说的是一对大雁，其中一只被猎人打死，另一只殉情自杀。元好问十分感动，就买下了两只雁，给它们立了一座坟，还写了这首《雁丘词》。

不用问，这首词写的肯定是大雁凄美感人的爱情，和《六州歌头》完全不同。所以元好问选了《摸鱼儿》这个词牌。这个词牌里，长句子很多，例如：

问世间、情是何物，直教生死相许？

渺万里层云，千山暮雪，只影向谁去？

"问世间"只是一个短暂停顿，得和后面连起来才形成一个意思完整的句子。这种长句子，无论是唱，还是读，都凄楚哀婉，感人至深。

影响词的情感的，还有用韵的疏密。一般说来，用韵密，情感就紧张、激烈；用韵疏，情感就悠长、婉转。比如辛弃疾的《鹧鸪天·有客慨然谈功名因追念少年时事戏作》，一共九句，竟有七句押韵。这就是用韵密：

壮岁旌旗拥万夫，锦襜突骑渡江初。燕兵夜娖银胡䩮，汉箭朝飞金仆姑。

追往事，叹今吾，春风不染白髭须。却将万字平戎策，换得东家种树书。

这首词念起来满嘴滚轱辘，就像马拉大车一样，咕噜咕噜地带着你往前跑。饶是如此，辛弃疾还不嫌麻烦，还用了一个和"夫""初""姑"等同一个发音方式的"䩮"（也作"胡禄"

"胡簶"，盛箭的容器；"金仆姑"是一种著名的箭）。连这个不要求用韵的地方，他都埋一个相似的，就更显得紧张激烈了。

婉约派词人晏几道写的《鹧鸪天》："一醉醒来春又残，野棠梨雨泪阑干。玉笙声里鸾空怨，罗幕香中燕未还。"也像是一句赶一句似的倾诉自己的幽思之苦。

相反，用韵疏的词牌，适合表达柔情蜜意。比如秦观最著名的一首词《鹊桥仙》，是写牛郎织女相会的：

纤云弄巧，飞星传恨，银汉迢迢暗度。金风玉露一相逢，便胜却人间无数。

柔情似水，佳期如梦，忍顾鹊桥归路。两情若是久长时，又岂在朝朝暮暮。

前三句"纤云弄巧，飞星传恨，银汉迢迢暗度"，只有"度"字是押韵的。下片也是这样，等于是三句一押韵。这就比通常两句一押韵的句子更悠长。

而且，秦观还故意把话拉长了说，比如"两情若是久长时，又岂在朝朝暮暮"，这两句连起来，才能明白他的意思，等于这是一个十四字的长句子。句子拖长了，就容易表现优美、深远的情感。

假如我们动动手术，改成一个"繁音促节"的版本，句子变短，韵变密，会是什么效果呢？比如：

纤云舞，飞星赴，银汉度。喜金风，逢玉露。胜人间，真无数……

你是不是觉得像听快板似的浑身会跟着节拍抖起来。这不是牛郎织女鹊桥相会，这是牛郎约会快迟到了在赶路。

用韵疏的，又比如姜夔的代表作《扬州慢》：

淮左名都，竹西佳处，解鞍少驻初程。过春风十里，尽荠麦青青。自胡马、窥江去后，废池乔木，犹厌言兵。渐黄昏，清角吹寒，都在空城。

杜郎俊赏，算而今、重到须惊。纵豆蔻词工，青楼梦好，难赋深情。二十四桥仍在，波心荡、冷月无声。念桥边红药，年年知为谁生？

这是一首"慢词"。"慢"是词的分类"令""引""近""慢"的一种。顾名思义，就是节奏舒缓，唱得慢，所以慢词通常表达的也是舒缓柔和的感情。姜夔这首词里，最不着急的一句是

"自胡马、窥江去后，废池乔木，犹厌言兵"，满打满算四个停顿，他才慢条斯理地押了一个韵。

除了句子的长短，用韵的疏密，词牌的用韵也有讲究。例如上一章讲过，《满江红》使用短促的入声韵，就容易显得慷慨激烈。姜夔搞过创新，写过押平声韵的《满江红》，整首词的风格就一下子变成平和悠扬了。

即使是平声韵里，不同的韵部也有不同的感觉。还拿《扬州慢》来说，这首词的用韵，是非常讲究的。它的韵脚是"程""青""兵""城""惊""情""声""生"，这个韵部以韵母 eng、ing 为主，给人的感觉是清雅动听，好像叮叮的玉佩在敲击，和波心冷月、凄清寂静的环境是非常一致的。

假如我们动动手术，改成下面的样子：

> 淮左名都，竹西佳处，解鞍少驻匆匆。过春风十里，尽荠麦蒙茏。自胡马、窥江去后，废池乔木，犹厌弯弓。渐黄昏，清角吹寒，依旧城空。

虽然意思没变，但是原作的效果已经没有了。因为匆、茏、弓、空这个韵部，是以韵母 ong 为主的，好像铜钟在震响（"滚滚长江东逝水，浪花淘尽英雄"是用这个韵的），声音虽然洪亮豪壮，却和波心冷月的感觉完全不合了。

平仄和对仗，也是体现词牌风格的重要因素。

上章说过，《浣溪沙》词牌的过片，要求用两句显功夫的对仗。这两句的平仄是"中仄中平平仄仄，中平中仄仄平平"，直接来自七律里平仄对仗的律句。晏殊最有名的两句"无可奈何花落去，似曾相识燕归来"就是这样的。大概晏殊实在太喜欢这两句了，还把它们写到了他的一首七律《假中示判官张寺丞王校勘》里：

> 元巳清明假未开，小园幽径独徘徊。
>
> 春寒不定斑斑雨，宿醉难禁滟滟杯。
>
> 无可奈何花落去，似曾相识燕归来。
>
> 游梁赋客多风味，莫惜青钱万选才。

这两句是律句，读起来就格外流畅。

《临江仙》这个词牌的特点也是这样。《临江仙》每片的最后，都是两个五言句；而且，这两个五言句是符合格律的，直接来自五律中的律句，和《浣溪沙》过片的那两句一样，给整首词带来一种流畅感。你去听一下杨洪基唱的《三国演义》主题曲《滚滚长江东逝水》，歌里最流畅的地方，仍然是"青山依旧在，几度夕阳红"。

《破阵子》则又不同，《破阵子》适合表现雄壮激昂的感情。所以辛弃疾的《破阵子》最雄壮的句子，是"八百里分麾下炙，五十弦翻塞外声"，这是这首词的点睛之笔，显得特别雄壮。

你仔细观察一下，这两句的词律是"中仄中平平仄仄，中仄平平中仄平"，关键字二、四、六这三个位置——即"百"（入声）、"分""下"和"十"（入声）、"翻""外"这一对儿——平仄是相同而不是相反。虽然字面对仗，却并不是七律的律句，和《浣溪沙》《临江仙》里的律句正相反。就有点像对联中下联偏不配合，偏和上联对着干一样。你上联用平，我下联就赌气和你一样，也用平。你上联用仄，我也用仄。

不是律句，就牺牲了流畅，但换来的是一种别扭的感觉。还别说，这种别扭不是坏事，反而带来了格外的激越。填《破阵子》的时候，能把这种别扭劲儿写出来，这首词也就成功了一半——这就是我们汉语精妙的地方。

最后，我们还要知道词总体上的语言风格。

很多人接触过的一首词，是苏轼的《念奴娇·赤壁怀古》：

大江东去，浪淘尽、千古风流人物。故垒西边，人道是、三国周郎赤壁。乱石穿空，惊涛拍岸，卷起千堆雪。江山如画，一时多少豪杰。

　　遥想公瑾当年，小乔初嫁了，雄姿英发。羽扇纶巾，谈笑间、樯橹灰飞烟灭。故国神游，多情应笑我，早生华发。人生如梦，一尊还酹江月。

　　这首词确实脍炙人口，但并不是入门的好教材。因为这是苏轼开创的豪放风格，在宋词里是一座突起的高峰，但并不能代表大多数宋词，也不能代表宋词的基础。学写词，还是尽量从婉约的风格入手。

　　苏轼有一个故事，正好说明了这个问题。据说苏轼手下有个会唱歌的幕僚。有一天，苏轼问他："我的词比柳永的怎么样？"这位幕僚说道："柳永的词，只能让十七八岁的女孩，拿着红牙拍板唱'杨柳岸晓风残月'；您老人家的词，要关西大汉拿着铁板唱'大江东去'。"通常大家认为这个故事讲的是柳永和苏轼的词风格不同，但有人认为这个故事是对苏轼的一种批评。因为关西大汉拿着铁板唱词并不是词的常态。柳永是苏轼的前辈，苏轼想开拓新境界，就要摆脱前辈的束缚。但是，他在婉约之外另创的风格，毕竟在当时不是主流，是有很多人不认可的。

事实上，大词人都不满足已有的风格，而是尽量去开拓新境界。但那是他们的任务，不是这本小书的任务。这本小书的任务很明确：就是介绍各种古代诗歌体裁的特点，培养一定的写作和鉴赏能力。我们没有专业词人的任务。你如果想表达一种雄浑壮丽的感觉，为什么不选七律或者古风呢？

之前说过，词和诗不一样，诗里是可以讲大道理的，但词不能讲太多大道理，而更多表达的是含蓄、委婉、朦胧的感情。此外，词的语言，也和诗完全不同。词的语言，总体上偏向轻灵、细巧。比如秦观的《浣溪沙》：

漠漠轻寒上小楼，晓阴无赖似穷秋，淡烟流水画屏幽。

自在飞花轻似梦，无边丝雨细如愁，宝帘闲挂小银钩。

寒是"轻"的，楼是"小"的，触觉是"漠漠"的，情绪是无聊的（"无赖"），烟是"淡淡"的，屏风隔出的空间是幽静的，雨是如丝如缕的，帘子是"闲"的，钩子也是"小"的，而且泛着洁白的银光。

这就是词的基本特征。当然，你也可以把这些寒啊、楼啊、烟啊，写成"万里寒风上戍楼，萧条塞外尽高秋，狼烟猎火几时休"，风也大了，楼也高了，空间也壮阔了，狼烟都烧起来了，敌人都快打过来了，当然也没法无聊了。

但是，宋词里的《浣溪沙》，主要就是写一些婉转含蓄的感情。写塞外、狼烟，不能说不允许，张孝祥就有"万里中原烽火北，一尊浊酒戍楼东，酒阑挥泪向悲风"，但这是不常见的。而且，后人也说这首"词境不高"（陈廷焯《白雨斋词话》）。

所以，"微雨""断云""疏星""淡月""远峰""曲岸""残红""飞絮""彩袖""罗衣"……这些东西，在诗里是不太常用的，在词里却很合适。这些轻巧浮薄的东西，也能营造一种美感，就是精美、细致，即便是豪放派词人辛弃疾，满怀家国忧愤，也得说：

> 楚天千里清秋，水随天去秋无际。遥岑远目，献愁供恨，玉簪螺髻。(《水龙吟·登建康赏心亭》)

> 休去倚危栏，斜阳正在，烟柳断肠处。(《摸鱼儿·更能消几番风雨》)

> 江晚正愁余，山深闻鹧鸪。(《菩萨蛮·书江西造口壁》)

还是不能离开"遥岑"（远处陡峭的小山崖）、"玉簪"、"烟柳"、"鹧鸪"。岑是小的，簪是玉的，柳是如烟的，鹧鸪是灵动的……这些细微、纤巧、精致的东西，是由词的特点决定的。

说一说下列句子，哪些适合用于诗中，哪些适合用于词中：

1．画楼帘幕卷轻寒。

2．满衣红藕细香清。

3．运去英雄不自由。

4．日出寒山外，江流宿雾中。

5．酒余人散后，独自凭阑干。

6．桃花何苦红如此，杨柳忽然青可怜。

哪些诗词游戏可以玩？

近几年，综艺节目《中国诗词大会》火爆全国，极大点燃了人们对古诗词的热情。而这档节目最扣人心弦的部分，就是选手的"飞花令"了。

"飞花令"本是中国古代宴席间用来助兴的酒令。《中国诗词大会》的飞花令游戏规则，经过了一些适合电视节目的改造。过去文人们在酒席上玩的飞花令，大致是这样的：

每个人按次序说一句诗，诗句中必须含有"花"字，可以事先约好：要么背诵前人诗句，要么就现场即兴作。如果作不出、背不出时，担任"监酒官"的人要罚他喝酒。

例如第一个人说："花近高楼伤客心。"第一个字为花。

第二个就说："乱花渐欲迷人眼。"第二个字为花。

第三个就说："感时花溅泪。"第三个字为花。

第四个就说："对镜贴花黄。"第四个字为花。

以此类推下去，说不出的罚喝酒。也可以约定别的字，例如"月""风""雪"等。

另外，还有一种玩法，就是大家围坐在饭桌周围，行"飞花令"时，诗句中第几个字是"花"，就从自己开始数，数到的人喝酒。没想到被今天的综艺节目将之发扬光大，应该说是很好的文化普及。

古代的知识分子圈子，都多少懂点诗词，所以大家聚会的时候，经常玩和诗词有关的游戏。除了飞花令之外，还有"联句"和"诗钟"。

所谓联句，就是大家凑在一起，合作写一首特别长的律诗（一般是五言的），一般的律诗只有颔、颈两联对句，而这种诗中间可以有无数联对句，想什么时候收都可以。所以这种诗就叫"排律"。

排律虽然也算一种创作，但总的来说，还是游戏的成分比较多。古代留下了很多知名文人的联句，大家最熟悉的，可能是《红楼梦》里的芦雪庵联句。

有一天，下了大雪，大观园的才女们聚在芦雪庵开诗社。这次诗社的规定是："即景联句，五言排律一首，限'二萧'

韵。"意思就是说，就拿眼前的雪景为题，大家来写诗。限韵
是平水韵中的下平声"二萧"。

话说薛宝钗道："到底分个次序，让我写出来。"说
着，便令众人拈阄为序。起首恰是李氏，然后按次各各开
出。凤姐儿道："既这么说，我也说一句在上头。"众人都
笑起来了，说："这么更妙了。"宝钗将"稻香老农"之上
补了一个"凤"，李纨又将题目讲给他听。凤姐儿想了半
天，笑道："你们别笑话我，我只有了一句粗话，可是五
个字的。下剩的我就不知道了。"众人都笑道："越是粗话
越好。你说了，就只管干正事去罢。"凤姐儿笑道："想下
雪必刮北风，昨夜听见一夜的北风，我有一句，这一句就
是'一夜北风紧'。使得使不得，我就不管了。"众人听
说，都相视笑道："这句虽粗，不见底下的，这正是会作
诗的起法。不但好，而且留了写不尽的多少地步与后人。
就是这句为首，稻香老农快写上，续下去。"凤姐儿和李
婶娘平儿又吃了两杯酒，自去了。这里李纨就写了，自己
联道："开门雪尚飘。入泥怜洁白，"

香菱道："匝地惜琼瑶。有意荣枯草，"

探春道："无心饰萎苗。价高村酿熟，"

李绮道："年稔府梁饶。葭动灰飞管，"

　　李纹道："阳回斗转枓。寒山已失翠，"

　　岫烟道："冻浦不生潮。易挂疏枝柳，"

　　湘云道："难堆破叶蕉。麝煤融宝鼎，"

　　宝琴道："绮袖笼金貂。光夺窗前镜，"

　　黛玉道："香粘壁上椒。斜风仍故故，"

　　宝玉道："清梦转聊聊。何处梅花笛，"

　　宝钗道："谁家碧玉箫。鳌愁坤轴陷，"

　　……

　　就这样，大家你一句我一句地联了下去。一开始还按照顺序来，等到后来，贾探春、邢岫烟、香菱等才思差一点的都不行了，只有黛玉、湘云、宝琴三个人在你争我抢：

　　黛玉也笑道："没帚山僧扫，"宝琴也笑道："埋琴稚子挑。"湘云笑弯了腰，忙念了一句，众人问道："到底说的是什么？"湘云道："石楼闲睡鹤，"黛玉笑得握着胸口，高声嚷道："锦罽暖亲猫。"

　　宝琴也忙笑道："月窟翻银浪，"湘云忙联道："霞城隐赤标。"黛玉忙笑道："沁梅香可嚼，"宝钗笑称："好句！"

也忙联道:"淋竹醉堪调。"

宝琴也忙道:"或湿鸳鸯带,"湘云忙联道:"时凝翡翠翘。"黛玉又忙道:"无风仍脉脉,"宝琴又忙笑联道:"不雨亦潇潇。"

湘云伏着,已笑软了。众人看他三人对抢,也都不顾作诗,看着也只是笑。黛玉还推他往下联,又道:"你也有才尽力穷之时!我听听,还有什么舌头嚼了。"湘云只伏在宝钗怀里笑个不住。宝钗推他起来,道:"你有本事,把'二萧'的韵全用完了,我才服你。"湘云起身笑道:"我也不是作诗,竟是抢命呢!"众人笑道:"倒是你自己说罢。"探春早已料定没有自己联的了,便早写出来,因说:"还没收住呢。"李纹听了,接过来,便联了一句道:"欲志今朝乐,"李绮收了一句道:"凭诗祝舜尧。"

从这里就可以看出联句的规则:除了开头和结尾外,一个人要对出前一个人的出句,然后再说一句,给后面一个人去对,最后由一个人说一句套话来收尾——当然,这只是小说里这么写,其实整首诗都是曹雪芹一个人写的。

参加这次诗会的还有王熙凤,她虽然没什么文化,但是大家让她说第一句。第一句很重要,没有第一句,后面的就没法接了。而且她说得很好，下雪前必刮北风，所以她说"一夜北风紧"。北风之后会发生什么，就供别人随便发挥了，所以大家称赞她："这正是会作诗的起法。不但好，而且留了写不尽的多少地步与后人。"

接下来，就是大家一联一联地作下去，其实是先作一个下联，再作一个上联，而且都要符合五律的格律，都必须是律句。

还有一种叫"诗钟"的游戏，也是大家在一起作对联。据说最开始的时候，命好题后，在一根香上拴一根细线，线一头拴个铜钱，下面放一个铜盘。把香点燃了架起来。等香把细线烧断，钱落下来，打在铜盘上，"当"的一声，好像钟声，表示时间到了，所以叫诗钟。

诗钟有许多玩法，例如"嵌字"和"分咏"。嵌字是出两个字，例如如果诗钟规定嵌"山"和"水"。玩家要作一副对联，把"山"和"水"嵌在对联里，一般还要规定嵌在第几个字（嵌在第几个字，称为"几唱"）。例如有一次南京大学的朋友玩诗钟，要求嵌"山""水"，二唱：

青山欲共高人语，野水闲将日影来。（南京大学程章灿教授提供）

"山"和"水"都嵌在每句的第二个字。

我们经常听说的两句"海到无边天作岸，山登绝顶我为峰"，据说是林则徐小时候写的，体现了他的胸怀大志。其实这不一定是林则徐写的（作者有陈宝琛、沈葆桢、甘少潭几种说法），关键在于，这两句其实是一个"诗钟"，题目要求是"天""我"五唱。也就是说，要求作一副对联，把"天"和"我"嵌在每句的第五个字。

诗钟还有一种"分咏"的玩法。有一年，北京大观园组织了一次端午节诗会，出了一个诗钟，分咏"屈原""大观园"，一位朋友咏的是：

当年孤愤空呵壁，此地愚衷屡悼红。（池玉玺先生提供）

上联的意思，是说屈原被楚王流放后，十分悲愤，有一次到神庙里游玩，看见墙上画着众神的神像，就在墙上写了一首《天问》，对着墙质问众神，发泄他的苦闷。下联是说，曹雪芹在《红楼梦》里，有这样一句："趁着这奈何天，伤怀日，寂寥时，试遣愚衷（谦称自己的心意、心愿；衷，心愿）。因此上，演出这怀金悼玉的《红楼梦》。"所以上句扣屈原，下句扣大观园，十分准确。

所以这种分咏的诗钟，很像是先给出两个谜底，然后玩家根据谜底作两句谜面。作分咏诗，上下句分所咏之物越不搭边越有意思。比如有一次诗钟，题目要求分咏"高楼"和"变形金刚"，一位朋友咏的是：

　　　　广厦千间寒士庇，擎天一柱外星来。（中华书局张玉亮先生提供）

　　这就有意思了。因为杜甫的《茅屋为秋风所破歌》里，有一句"安得广厦千万间，大庇天下寒士俱欢颜"，所以上联当然可以扣"高楼"。下联是说汽车人的领袖叫擎天柱，来自外星球赛伯坦，所以"擎天一柱外星来"当然可以扣"变形金刚"。而且广厦和柱子，也是一对相似的事物。把不搭边的两件东西，通过对联的形式拉到一起，是非常巧妙的。

1. 和爸爸妈妈或同学玩飞花令。指定字：

　　　云 雪 我 春 天

2. 玩一次诗钟，限时半小时，要求上联第一字嵌"天"，下联第一字嵌"地"。

3. 玩一次诗钟，限时半小时，分咏"汽车"和"铅笔"。

学习诗词有哪些参考书？

如果你非常爱好古诗词，打算花点时间专门学一学的话，课本上的那点诗词是远远不够的，就需要准备一些参考书了。这里分几个类别介绍一下。

第一类是概要、理论方面的。内容最少、最容易读的，是中华书局的一本《诗词写作常识》，钱志熙、刘青海著，分为"体裁篇""声律篇""用韵篇""对仗篇""法度篇""宗旨篇"。这本书的最大的好处有两个：第一是开本很小，裤子口袋就可以放得下。第二是特别简练地讲了各种诗词创作中的常见问题和概念，是一本充满了干货的小册子。

诗歌的原理方面，朱光潜先生有一本《诗论》，很多出版社都出版了。这本书虽然很薄，却是朱光潜先生的代表作，早在民国时期就已经非常著名。朱光潜先生是著名的美学家、文艺理论家。他在这本书里，分析诗的起源，诗的境界，诗与音乐、散文、绘画的关系，中西方诗学的对比等重要的问题，还对我国诗歌的节奏、韵律、格律等问题做了详尽的探讨。之前的学者，讲诗都比较老套。朱光潜先生从现代的思维方式入手，很适合我们理解。

关于词的内容，我们这本书讲得不多。所以推荐看一看龙榆生先生的《词学十讲》。

龙榆生先生是二十世纪词学大家，和夏承焘、唐圭璋、詹安泰并称"民国四大词人"，所以他讲词是十分通透而权威的。这本书多一半的内容，是在讲句法、声调、音韵，可能看起来有点枯燥。但好在篇幅不长，稍微花点时间，是可以啃下来的。

中国的诗歌，其实还可以把曲算进来。词是从诗中分化出去的，所以叫"诗余"；曲又是从词中分化出去的，所以叫"词余"。曲在元代达到了高峰，所以我们经常说"唐诗""宋词""元曲"。有些元曲，样子和词或诗差不多，例如马致远的《天净沙·秋思》：

枯藤老树昏鸦，小桥流水人家，古道西风瘦马。夕阳西下，断肠人在天涯。

不需要配乐演唱，就是一首极好的诗。但是曲和音乐的联系更加紧密，中小学生接触得不多，所以这本小书没有涉及。如果想了解一下的话，可以看看龙榆生的《词曲概论》，这本书把词和曲的关系和要点讲得非常清楚。

第二类就是关于格律方面的。王力先生有一本《诗词格律》，他是语言学大家，从基本概念，到四声、诗律、词律，条理十分清楚。他还有三本书《诗词格律概要》《诗词格律十讲》《汉语诗律学》，也可以配合参考。我们这本小书的格律诗只讲到五律、七律的基本形式，特殊的句法如"拗救"等，就可以在王力先生的书里找到答案。

王力先生的诗词格律著作，讲的都是一些基础知识。如果想填词，需要专门的词谱，可以看龙榆生先生的《唐宋词格律》，这部书收了一百多种常见的词牌，说明它们的产生来历和演变情况，适合表达什么情感，有什么需要特殊注意的地方，并标明了句读、平仄和韵位。每一词牌还分"定格""变格"，并且附有一首或几首唐宋词人的代表作品，供参考比较。同时，这本书所选的词，因为都是代表作，所以还可以当成一本词选来看。这本书的后面还附有常用字的词韵表。

第三类就是原典方面的。看了一堆理论、方法，不去认真读诗词，还是不行的。但是，几千年来，古代的诗人们为我们创造了千千万万首诗词，都在哪些书里能看到呢？

　　唐代之后的诗人，基本上都留下了个人的专集（一般叫"别集"，而收录很多人诗文的集子称为"总集"）。但是唐代之前，也有不少好诗。这些好诗在哪里能看到呢？

　　实际上，唐代之前的诗，你手头只要备三本书就可以了：一本是《诗经》，这是最早的一部诗歌总集。《诗经》有很多通俗的注本，中华书局、上海古籍出版社都出版过不错的版本。

　　另一本是《楚辞》，《楚辞》是继《诗经》之后又一部诗歌总集，大部分是战国时屈原的作品，还有宋玉、淮南小山等诗人的几首。《楚辞》的注释和白话翻译，也可以选择人民文学出版社、中华书局和上海古籍出版社这三个出版社的版本。

　　《诗经》《楚辞》之外，如果还不满足，还可以准备一本逯钦立先生主编的《先秦汉魏晋南北朝诗》。这部书把从先秦到隋现存的所有诗歌都编了进去（除了单独成书的《诗经》《楚辞》）。这套书很厚，大学中文系的学生，也未必通读过一遍。但这不是让你一首首看的，而是浏览、掌握概貌用的。因为它除了收录文人的诗之外，还收录了各种民谣、民歌等。只要花时间翻上一遍，会对我国的诗歌概貌有一个大概的认识，而且会知道古代诗歌的各种体裁。有些人背了一辈子唐诗宋词，却对我国诗词的整体情况没有认识，所以经常会有一些狭隘的见解。其实这个问题是非常容易解决的。

这三本书可以搞定唐以前的诗。唐代和以后的诗歌，就需要看各家的诗集或选集、全集了。最基础的读物，应该备一本《唐诗三百首》和一本《千家诗》。

《唐诗三百首》是清代蘅塘退士编的一部唐诗选集，可谓家喻户晓。因为"三百首"这个数量，不多不少，正好适合入门（也有继承《诗经》三百首的意思）。所以有句俗话叫"熟读唐诗三百首，不会作诗也会吟"。这本书共选入唐代诗人七十七位，共三百一十一首诗，诗的各种体裁：五言古诗、乐府、七言古诗、五言律诗、七言律诗、五言绝句、七言绝句都有收录，而且很均衡。

《千家诗》是一个体量更小的选集。只选近体诗中的律诗、绝句，流传也非常广泛。《千家诗》共选诗人一百二十二位，二百二十六首诗。不同于《唐诗三百首》的是，它除了唐诗之外还选了不少宋诗，以及少量的明诗。

《唐诗三百首》和《千家诗》，很多出版社都在出版。有的注重内容，有的注重形式，只要看准专业出版社就可以。如果唐诗看腻了，想看看宋诗，可以看钱锺书先生的《宋诗选注》。

除了这几个大众化的选本之外，还应该看看著名诗人的诗选。人民文学出版社有一套"中国古典文学读本丛书典藏"系列，有初唐四杰、李白、王维、杜甫、柳永、苏轼等大家的诗选，也有《宋词三百首》《乐府诗选》《金元明清词选》等，都是一小本一小本的，价格很便宜。

　　另外，凤凰出版社出过"名家精注精评本"丛书，有三曹、陶渊明、王维、李白、杜甫，一直到纳兰性德，一共二十多种，都适合初学者阅读。

　　如果你觉得简单的读本不过瘾了，可以挑战一下繁体竖排的古籍，举几位大诗人的例子：

　　陶渊明，有《陶渊明集笺注》，袁行霈整理。

　　李白，有《李太白全集》，清王琦校注。

　　杜甫，有《杜诗详注》，清仇兆鳌注。

　　王维，有《王维集校注》，陈铁民整理。

　　这些都是中华书局出版的古籍整理著作，非常专业；当然，啃起来着实要费点功夫。

　　假如你懒得一本一本地翻，还有一个省事的办法。清代曾国藩编过一本《十八家诗钞》，岳麓书社一直在重印。我小时候经常看这套书。十八家是魏晋南北朝的曹植、阮籍、陶渊明、谢灵运、鲍照、谢朓六家，唐代的王维、孟浩然、李白、杜甫、韩愈、白居易、李商隐、杜牧八家，宋代的苏轼、黄庭坚、陆游三家，金代元好问一家，一共选了古、近体诗六千多首。从曹植到元好问，基本上体现了诗的发展、繁荣、稳定的全过程。

这套书也很难从头到尾看下来，平时随便翻翻，了解一下各时期大诗人的风格就好。而且，这套书非常注意诗的体裁。比如李白，就专门选他的歌行和七绝；王维，就专门选他的五律。都是各位诗人最拿手的诗体。因为我对这本书比较有感情，所以也顺手推荐一下。

至于词，除了刚才提到的收录那几种丛书里的词选外，还可以看龙榆生先生编的《唐宋名家词选》。这部书选了唐宋九十四位著名作者的七百零八首词。入选的作家和作品，思想倾向、风格流派和艺术造诣，都很有代表性。

至于曲，可以看看《元曲三百首》，有中华书局出版的解玉峰编的版本。

除了这些诗、词、曲原作，还应该看看"诗话"（包括"词话"）。诗话不是一本书，而是一类书。凤凰出版社有一套"历代诗话丛书"，收了一些著名的诗话和词话。例如袁枚的《随园诗话》、沈德潜的《说诗晬语》、王国维的《人间词话》等。

另外还要推荐一部有意思的书:《瀛奎律髓汇评》。不要被这个难懂的书名吓到，这其实是历代文人对前人诗的评论，有点像今天的"弹幕"。有些评论，用今天的网络语来说相当"毒舌"。不用全看，挑着看一些，就会发现，古人谈论诗，就像今天我们谈论电视剧一样。

　　第四类就是网络资源。今天网络十分发达，所以我觉得还应该专门介绍一个网站，就是之前提到过的"搜韵"。这个网站堪称当下最专业的诗词网站。网站开发者是诗词爱好者，又懂得软件技术，2009年创办，已经办了十多年。这个网站有各种各样好用的诗词工具，可以很方便地查《平水韵》《词林正韵》等韵表。诗韵和词韵，虽然也有纸质书（如一些速查手册等），但我已经习惯在网上查了。

　　搜韵还可以进行诗律和词律校验。我们写了一首格律诗，或者填了一首词，怎么知道合不合格律呢？如果照着平仄表去对，就很麻烦。可用搜韵就会很方便，只要你把你的作品复制粘贴到搜韵的校验文本框里，软件就会自动告诉你，哪里出律了，哪里需要改进。

　　搜韵的搜索功能也很强大，它是懂诗的人制作的搜索工具，可以按照体裁、朝代、作者搜索，甚至可以指定搜索第几句的第几个字。"搜韵"还整合了《汉语大词典》《康熙字典》

《佩文韵府》等多种工具书。常见的诗话、词话，也都能在这个网站上看到电子版。

诗词的学问是一辈子学不完的，这里介绍的，只是汗牛充栋的诗词著作中的一点点，也仅限于我自己读过或者了解的。可能别的学者给人讲诗词入门，会介绍其他的书；只要出版社正规，整理者或著者是专业人士，就没有问题。最关键的，还是要多读、多背、多写。

有人说网络资源十分丰富，所以学习诗词就不用看纸质书了。你是怎么看待这个说法的？

学写古诗有哪些常见的误区？

今天有很多人学诗、写诗，也有人从古诗词中吸收了大量营养，进行自己的创作。不过，很多人对古诗也存在着误区。

先说一些低级的误区。

有些学写古诗的人，有个很大的毛病，就是不肯遵守格律。他们总认为：格律是陈规旧套，束缚人的思想。写诗就要激情澎湃，自由自在，大笔一挥就是一首。如果受到批评，他们就拿出"不以词害意"这个说法当挡箭牌。

但是，他们还喜欢用格律诗的体裁命题，比如七个字一句，写八句，就叫"七律"；五个字一句，写四句，就叫"五绝"。

其实，你看完这本小书就会知道：格律不是限制人的，而是让诗词的艺术效果更淋漓尽致地发挥出来。就像打仗一样，军纪军法，不是故意和士兵过不去的，而是让部队发挥出更强的战斗力。诗词里的每一个字就是一个士兵，而格律就是发挥战斗力的军规军纪。没有统一指挥的散兵游勇，再厉害也打不了胜仗。格律是中国诗词经历了长期发展，摸索出来的一套"控制质量"的方法；它并不是某个诗人的一厢情愿，而是文人、音乐家、歌唱家，甚至读者、听众共同创造的。写诗不是简单地堆几十个字上去，而是一定要遵循它本身的法度。

至于写诗要激情澎湃、自由自在的想法，也是不懂诗的人的想象。诗让你感受到了激情，是因为背后遵循着艺术的规律。就好比一部很"燃"的电影，让你激情澎湃，导演绝不会激情四射地带着摄像师和演员乱拍一气，而是必须经过周密的安排，从编剧、选角、台词到后期的剪辑、特效，都必须冷静地遵循着"燃"电影的规律，才会让你在影院现场"燃"起来。

当然，有些天才的诗人，在不遵守格律的情况下也能写出好诗。但这是更高的要求，起码你得是天才才行。就像战场上也有武功高强的孤胆英雄，单枪匹马地直捣敌人老巢。你得有人家的功夫才行。

还有一些诗人，虽然懂得格律，却不肯学习诗歌特有的表达手法，如比兴、寄托等。无论什么感情，都写得十分直白浅露。比如：

又是新春喜气洋，朝阳照耀我家乡。激情饱满齐声唱，万众一心奔小康。

这首诗虽然符合格律，是一首"绝句"，但并不是合格的作品。因为这首诗没有任何意境、物象，只是喊口号式的大白话。只不过把口号变成了押韵的、符合格律的形式而已。我相信这位作者对他的家乡是非常热爱的，表达的情感也是真诚的。但是他并没有用自己的眼光去观察、用自己的头脑去思考、用自己的语言讲出来，而是街上的标语怎么说，他就怎么说。这就没有诗的意义了。

上面这两种误区，都是不肯学习造成的。

还有一种现象，有些人因为并不懂得诗词的典故，也不管用法、句式，就生搬硬凑，把知道的诗词都用在里面，所以很多都写得十分尴尬。

比如随便在网上找几个例子：

连营起落雪满山，借道居胥欲封狼。君可往，斩去黄沙见楼兰。

那时黄沙遮不住潋滟，凭雪衣杯酒恰初见。

流萤四散，殇歌安详。

第一个例子，是写一位大将军的。看上去也挺有气势的，但基本上是把中小学古诗词里关于边塞的字词凑到了一起。"狼居胥"是一座山的名字，在今天的蒙古国境内。汉武帝大将霍去病出兵漠北，攻打匈奴，在狼居胥山筑坛祭天，纪念这次胜利。所以"封狼居胥"是一个典故。"狼居胥"是不能拆开的。

他大概是看过这么几首古诗词：

李白《行路难》："欲渡黄河冰塞川，将登太行雪满山。"

辛弃疾《永遇乐·京口北固亭怀古》："元嘉草草，封狼居胥，赢得仓皇北顾。"

李白《塞下曲》："愿将腰下剑，直为斩楼兰。"

王昌龄《从军行》："黄沙百战穿金甲，不破楼兰终不还。"

所以，他很可能是把"封狼居胥"理解成"封了一个狼""居了一个胥"，当成两个形式一样的词了！

而且，楼兰泛指西域一带的异族敌人。楼兰是可以"斩"的，黄沙怎么能斩呢？"斩去黄沙见楼兰"，这不是大将军，而是考古学家。

第二个例子的作者，应该是看过纳兰性德的"人生若只如初见"。但是整句话又是什么意思呢？完全读不通。而且"潋滟"是水波荡漾或者水光明亮的意思。没错，这个词确实很美，但"黄沙遮不住潋滟"又是什么意思呢？难道说的是敦煌沙漠里的月牙泉？

第三个例子的问题是把"殇"字乱用。不知为什么，"殇"是有些"古风"爱好者特别喜欢用的一个字，好像用了这个字就显得凄美。说什么都离不开"殇"，什么"琴殇""落花殇""风殇叶""墨璃殇"……其实"殇"的意思非常不好，是未成年人夭折。一个孩子，如果在八岁到十一岁之间去世，叫"下殇"；十二岁到十五岁之间去世，叫"中殇"；十六岁到十九岁之间去世，叫"长殇"。后来也把非正常死亡（如战死）叫"殇"。

古诗词如果不加注释，是不太好懂，如果没搞懂就千万不要乱用。事实上，合格的古诗词，无论是句法还是用词、用典，逻辑都是极其严谨的。如果在不了解的情况下，学到几个好听的词就乱用，一定会闹笑话。

以上说的几种，都是比较低级的误区。如果一个人肯学习格律，肯学习诗词的写法，又会遇到哪些"中级"误区呢？

有些初学者，学到了一点诗词知识，掌握了一些文字的技巧，注意力就被文字游戏吸引了。今天写个"藏头诗"，明天写个"回文诗"。藏头诗就是每句诗的第一个字连起来，能念成一句话。回文诗就是一首诗正过来、倒过去念，都是一首诗。比如最有名的一首回文诗：

赏花归去马如飞，去马如飞酒力微。

酒力微醒时已暮，醒时已暮赏花归。

当然非常巧妙。这首诗据说是苏轼写的，也有人说是秦观写的，还有人说苏轼有个妹妹叫苏小妹，是她写的。民间很喜欢用这种作品来证明：这人是才子，这人是才女。因为确实看上去很有意思。

其实，才子才女当然会写这种作品，但是光会写这种作品是不行的。因为这些东西，说到底就是文字游戏。能够体现一个人运用文字的能力，以及一点小聪明，还能收获一些外行的喝彩。但我们学诗，虽然可以玩一玩，但不能认为这是正道，更不等于才华。

文字游戏是一种小趣味，真正的诗，也有一类小趣味，学的时候是要注意避免的。例如《红楼梦》里，香菱向林黛玉学诗，有这么一段对话：

> 香菱道："我只爱陆放翁的'重帘不卷留香久，古砚微凹聚墨多'，说的真切有趣。"黛玉道："断不可看这样的诗。你们因不知诗，所以见了这浅近的就爱，一入了这个格局，再学不出来的。你只听我说，你若真心要学，我这里有《王摩诘全集》，你且把他的五言律一百首细心揣摩透熟了，然后再读一百二十首老杜的七言律，次之再李青莲的七言绝句读一二百首。肚子里先有了这三个人做了底子，然后再把陶渊明、应、刘、谢、阮、庾、鲍等人的一看，你又是这样一个极聪明伶俐的人，不用一年工夫，不愁不是诗翁了。"

你可能看过这段，而且有点奇怪，陆游这两句诗不错啊，为什么林黛玉不让香菱学呢？其实，陆游这首诗是这样的：

> 美睡宜人胜按摩，江南十月气犹和。
>
> 重帘不卷留香久，古砚微凹聚墨多。
>
> 月上忽看梅影出，风高时送雁声过。
>
> 一杯太淡君休笑，牛背吾方扣角歌。

不用注释，也能看明白，写的是他在家里的休闲生活。当然，这首诗还是能体现他的情感的。无非就是说他生活清雅、精致。帘子是"重"的，是精美的，不是一片麻布片；气味是"香"的，说明他经常焚香。砚台是"古"的，说明他喜欢收集这些古董玩意儿。而且，也很有点趣味，比如他说"聚墨多"，是因为古砚是凹下去的。说明他经常磨墨写字，砚台都磨出一个凹坑了。

这种趣味很能吸引人，但毕竟是太狭窄了。因为这样的诗可以写很多，今天理发写一个，明天插花写一个，后天泡茶又写一个。写来写去，总跳不出这些狭小的生活和情趣。我们之前说写诗要讲究赋、比、兴，讲究在制造的意境中体现你的人格魅力，以及对现实的关照。所以，林黛玉给香菱推荐的是王维、李白、杜甫这三位大家，让她开阔眼界。然后让她上溯，除陶渊明外，"应、刘、谢、阮、庾、鲍"，应是应玚，刘是刘桢，都是"建安七子"中的两位。谢是谢灵运，阮是阮籍，庾是庾信，鲍是鲍照。这些人都是从魏晋到南北朝的大诗人，可以说是王维、李白、杜甫这些盛唐诗人的老师。

当一个人的诗词储备、写作技巧到了一定程度后，又会进入另外一种状态：他觉得他会这么多高雅的东西，一般人不如他，所以他一张嘴就是信仰之虔诚、灵魂之高贵，进入到一种"精神贵族"的状态里了。甚至故意把诗的范围缩小，写自己高雅的生活情调，认为那些民间的、通俗的、质朴的，即便是古代大诗人写的，都不配叫作诗。这算一种"高级"的误区。这些人的诗词水平，我们是佩服的，但这种高高在上的做派，也是不可取的。诗词和所有的文学一样都脱不开生活的土壤，不可能是象牙塔里的无根之木。

所以，我们既不能懒得学习，甘于浅俗、粗鄙；又不能自恃才高，目空一切。"诗教"本来的目的，就是教我们温柔敦厚、胸襟开阔，能够与更多的人共情，明白这些，才能更好地塑造自己的人格。

1. 说说下列诗词的问题在哪里？

（1）丹桂飘香贺中秋，石榴悠悠晃枝头。苹果姑娘红半面，鸭梨
　　摇摆点点头。华夏万民贺国泰，九州方圆尽欢酒。万民同乐
　　尽争荣，神州大地庆丰收。

（2）刀影渐，照无眠。一地流年。苍苍谁唱蒹葭漫，铁马大散，
　　秋风独踏关。

2. 白居易说"文章合为时而著，歌诗合为事而作"，请评价一
下这句话。